魯迅雜文精選 4

經典新版

華蓋集續編

魯迅——著

萬家墨面沒蒿萊，
敢有歌吟動地哀；
心事浩茫連廣宇，
於無聲處聽驚雷。

魯迅

華蓋集續編

目錄

出版小引：還原歷史的真貌——讓魯迅作品自己說話　陳曉林　7
小引　11

【一九二六年】

雜論管閒事・做學問・灰色等　15
有趣的消息　31
學界的三魂　43
古書與白話　51
一點比喻　57
不是信　63
我還不能「帶住」　89
送灶日漫筆　95

談皇帝 101
無花的薔薇 105
無花的薔薇之二 113
「死地」 121
可慘與可笑 125
記念劉和珍君 131
空談 141
如此「討赤」 147
無花的薔薇之三 151
新的薔薇 157
再來一次 163
為半農題記《何典》後，作 171
馬上日記 177
馬上支日記 195
馬上日記之二 221

華蓋集續編 目錄

記「發薪」 231

記談話 239

上海通信 247

【《華蓋集續編》的續編】

廈門通信 257

廈門通信(二) 263

《阿Q正傳》的成因 267

關於《三藏取經記》等 279

所謂「思想界先驅者」魯迅啟事 287

廈門通信(三) 291

海上通信 297

出版小引

還原歷史的真貌——讓魯迅作品自己說話

陳曉林

中國自有新文學以來，魯迅當然是引起最多爭議和震撼的作家。但無論是擁護魯迅的人士，或是反對魯迅的人士，至少有一項顯而易見的事實，是受到雙方公認的：魯迅是現代中國最偉大的作家。

時至今日，以魯迅作品為研究題材的論文與專書，早已俯拾皆是，汗牛充棟。全世界以詮釋魯迅的某一作品而獲得博士學位者，也早已不下百餘位之多。而中國大陸靠「核對」或「注解」魯迅作品為生的學界人物，數目上更超過台灣以「研究」孫中山思想為生的人物數倍以上。但遺憾的是，台灣的讀者卻始終無緣全面性地、無偏見地看到魯迅作品的真貌。

事實上，魯迅自始至終是一個文學家、思想家、雜文家，而不是一個翻雲覆雨的政治人物。中國大陸將魯迅捧抬為「時代的舵手」、「青年的導師」，固然是以政治手段扭曲了魯迅作品的真正精神；台灣多年以來視魯迅為「洪水猛獸」、「離經叛道」，不讓魯迅作品堂堂正正出現在讀者眼前，也是割裂歷史真相的笨拙行徑。試想，談現代中國文學，談三十年代作品，而竟獨漏了魯迅這個人和他的著作，豈止是造成半世紀來文學史「斷層」的主因？在明眼人看來，這根本是一個對文學毫無常識的、天大的笑話！

正因為海峽兩岸基於各自的政治目的，對魯迅作品作了各種各樣的扭曲或割裂；而研究魯迅作品的文人學者又常基於個人一己的好惡，而誇張或抹煞魯迅作品的某些特色，以致魯迅竟成為近代中國文壇最離奇的「謎」，及最難解的「結」。

其實，若是擱置激情或偏見，平心細看魯迅的作品，任何人都不難發現：

一、魯迅是一個真誠的人道主義者，他的作品永遠在關懷和呵護受侮辱、受傷害的苦難大眾。

二、魯迅是一個文學才華遠遠超邁同時代水平的作家，就純文學領域而言，他的《吶喊》、《徬徨》、《野草》、《朝花夕拾》，迄今仍是現代中國最夠深度、結構也最為嚴謹的小說與散文；而他所首創的「魯迅體雜文」，冷風熱血，犀利真摯，抒情析理，兼而有之，亦迄今仍無人可以企及。

三、魯迅是最勇於面對時代黑暗與人性黑暗的作家，他對中國民族性的透視，以及對專制勢力的抨擊，沉痛真切，一針見血。

四、魯迅是涉及論戰與爭議最多的作家，他與胡適、徐志摩、梁實秋、陳西瀅等人的筆戰，迄今仍是現代文學史上一樁樁引人深思的公案。

五、魯迅是永不迴避的歷史見證者，他目擊身歷了清末亂局、辛亥革命、軍閥混戰、黃埔北伐，以及國共分裂、清黨悲劇、日本侵華等一連串中國近代史上掀天揭地的鉅變，秉筆直書，言其所信，孤懷獨往，昂然屹立，他自言「橫眉冷對千夫指，俯首甘為孺子牛」，可見他的堅毅與孤獨。

現在，到了還原歷史真貌的時候了。隨著海峽兩岸文化交流的展開，再沒有理由讓魯迅作品長期被掩埋在謊言或禁忌之中了。對魯迅這位現代中國最重要的作家而言，還原歷史真貌最簡單、也最有效的方法，就是讓他的作品自己說話。

不要以任何官方的說詞、拼湊的理論，或學者的「研究」來混淆了原本文氣磅礡、光焰萬丈的魯迅作品；而讓魯迅作品如實呈現在每一個人面前，是魯迅的權利，也是每位讀者的權利。

恩怨俱了，塵埃落定。畢竟，只有真正卓越的文學作品是指向永恆的。

小引[1]

還不滿一整年，所寫的雜感的分量，已有去年一年的那麼多了。秋來住在海邊，目前只見雲水，聽到的多是風濤聲，幾乎和社會隔絕。如果環境沒有改變，大概今年不見得再有什麼廢話了罷。燈下無事，便將舊稿編集起來；還預備付印，以供給要看我的雜感的主顧們。

這裡面所講的仍然並沒有宇宙的奧義和人生的真諦。不過是，將我所遇到的，所想到的，所要說的，一任它怎樣淺薄，怎樣偏激，有時便都用筆寫了下來。說得自誇一點，就如悲喜時節的歌哭一般，那時無非借此來釋憤抒情，現在更不想和誰去搶奪所謂公理或正義。你要那樣，我偏要這樣是有的；偏不遵命，偏不磕頭是有的；偏要在莊嚴高尚的假面上撥它一撥也是有的，此外卻毫無什麼大舉。名副其實，「雜感」而已。

從一月以來的，大略都在內了；只刪去了一篇[2]。那是因為其中開列著許多人，未曾，也不易遍徵同意，所以不好擅自發表。

書名呢？年月是改了，情形卻依舊，就還叫《華蓋集》。然而年月究竟是改了，因此只得添上兩個字：「續編」。

一九二六年十月十四日，魯迅記於廈門

【注釋】

1 本篇最初發表於一九二六年十一月十六日《語絲》週刊第一〇四期。

2 指《大衍發微》，後收入《而已集》作附錄。

一九二六年

雜論管閒事・做學問・灰色等[1]

一

聽說從今年起，陳源（即西瀅）[2]教授要不管閒事了；這豫言就見於《現代評論》[3]五十六期的《閒話》裡。慚愧我沒有拜讀這一期，因此也不知其詳。要是確的呢，那麼，除了用那照例的客套說聲「可惜」[4]之外，真的倒實在很詫異自己之糊塗：年紀這麼大了，竟不知道陽曆的十二月三十一日和一月一日之交在別人是可以發生這樣的大變動。

我近來對於年關頗有些神經過鈍了，全不覺得怎樣。其實，倘要覺得罷，可是也不勝其覺得。大家掛上五色旗[5]，大街上搭起幾座彩坊，中間還有四個字道：「普天同慶」，據說這算是過年。大家關了門，貼上門神，爆竹畢剝砰訇的放起來，據說這也是過年。要是言行真跟著過年為轉移，怕要轉移不迭，勢必至於成為轉圈子。所以，神經過鈍雖然有落伍之慮，但有弊必有利，卻也很占一點小小的便宜的。

但是，還有些事我終於想不明白：即如天下有閒事，有人管閒事之類。我現在覺得世上是彷彿沒有所謂閒事的，有人來管，便都和自己有點關係；即便是愛人類，也因為自己是人。假使我們知道了火星裡張龍和趙虎打架，便即大有作為，請酒開會，維持張龍，或否認趙虎[6]，那自然是頗近於管閒事了。

然而火星上事，既然能夠「知道」，則至少必須已經可以通信，關係也密切起來，算不得閒事了。因為既能通信，也許將來就能交通，他們終於會在我們的頭頂上打架。至於咱們地球之上，即無論那一處，事事都和我們相關，然而竟不管者，或因不知道，或因管不著，非以其「閒」也。

譬如英國有劉千昭雇了愛爾蘭老媽子在倫敦拉出女生[7]，在我們是閒事似的罷，其實並不，也會影響到我們這裡來。留學生不是多多，多多了麼？倘有合宜之處，就要引以為例，正如在文學上的引用什麼莎士比亞呀，塞文狄斯呀，芮恩施[8]呀一般。

（不對，錯了。芮恩施是美國的駐華公使，不是文學家。我大約因為在講什麼文藝學術的一篇論文上見過他的名字，所以一不小心便帶出來了。合即訂正於此，尚希讀者諒之。）

即使是動物，也怎能和我們不相干？青蠅的腳上有一個霍亂菌，蚊子的唾沫裡有兩個瘧疾菌，就說不定會鑽進誰的血裡去。管到「鄰貓生子」[9]，很有人以為笑談，其實卻正與自己大有相關。譬如我的院子裡，現在就有四匹鄰貓常常吵架了，倘使這些太太們之一又誕育四匹，則三四月後，我就得常聽到八匹貓們常常吵鬧，比現在加倍地心煩。

所以我就有了一種偏見，以為天下本無所謂閒事，只因為沒有這許多遍管的精神和力量，於是便只好抓一點來管。為什麼獨抓這一點呢？自然是最和自己相關的，大則因為同是人類，或是同類，同志；小則，因為是同學，親戚，同鄉，——至少，也大概叨光過什麼，雖然自己的顯在意識上並不了然，或者其實了然，而故意裝癡作傻。

但陳源教授據說是去年卻管了閒事了，要是我上文所說的並不錯，那就確是一個超人。今年不問世事，也委實是可惜之至，真是斯人不管，「如蒼生何」[10]了。幸而陰曆的過年又快到了，除夕的亥時一過，也許又可望心回意轉的罷。

二

昨天下午我從沙灘[11]回家的時候，知道大琦[12]君來訪過我了。這使我很高興，因為我是猜想他進了病院的了，現在知道並沒有。而尤其使我高興的是他還留贈我一本《現代評論增刊》，只要一看見封面上畫著的一枝細長的蠟燭，便明白這是光明之象，更何況還有許多名人學者的著作，更何況其中還有陳源教授的一篇《做學問的工具》呢？這是正論，至少可以賽過「閒話」的；至少，是我覺得賽過「閒話」，因為它給了我許多東西。

我現在才知道南池子的「政治學會圖書館」去年「因為時局的關係，借書的成績長進了三至七倍」了，但他「家翰笙」[13]卻還「用『平時不燒香，臨時抱佛腳』十個字形容當今學術界大部分的狀況」。這很改正了我許多誤解。

我先已說過，現在的留學生是多多，多多了，但我總疑心他們大部分是在外國租了房子，關起門來燉牛肉吃的，而且在東京實在也看見過。那時我想：燉牛肉吃，在中國就可以，何必路遠迢迢，跑到外國來呢？雖然外國講究畜牧，或者肉裡面的寄生蟲可以少些，但燉爛了，即使多也就沒有關係。所以，我看見回國的學者，頭兩年穿洋服，後來穿皮袍，昂頭而走的，總疑心他是在外國親手做過幾年牛肉的人物，而且即使有了什麼事，連「佛腳」也未必肯抱的。現在知道並不然，至少是「留學歐美歸國的人」並不然。

但可惜中國的圖書館裡的書太少了，據說北京「三十多個大學，不論國立私立，還不及我們私人的書多」云。這「我們」裡面，據說第一要數「溥儀先生的教師莊士敦先生」[14]，第二大概是「孤桐先生」即章士釗[15]，因為在德國柏林時候，陳源教授就親眼看見他兩間屋裡「幾乎滿床滿架滿桌滿地，都是關於社會主義的德文書」[16]。現在呢，想來一定是更多的了。這真教我欣羨佩服。記得自己留學時候，官費每月三十六元，支付衣食學費之外，簡直沒有盈餘，混了幾年，所有的書連一壁也遮不滿，而且還是雜書，並非專而又專，如「都是關於社會主義的德文書」之類。

但是很可惜，據說當民眾「再毀」這位「孤桐先生」的「寒家」時，「好像他們夫婦兩位的藏書都散失了」。想那時一定是拉了幾十車，向各處走散，可惜我沒有去看，否則倒也是一個壯觀。

所以「暴民」之為「正人君子」所深惡痛絕，也實在有理由，即如這回之「散失」了「孤桐先生」夫婦的藏書，其加於中國的損失，就在毀壞了三十多個國立及私立大學的圖書館之上。和這一比較，劉百昭[17]司長的失少了家藏的公款八千元，要算小事件了，但我們所引為遺憾的是偏是章士釗劉百昭有這麼多的儲藏，而這些儲藏偏又全都遭了劫。

在幼小時候曾有一個老於世故的長輩告誡過我：你不要和沒出息的擔子或攤子為難，他會自己摔了，卻誣賴你，說不清，也賠不完。這話於我似乎到現在還有影響，我新年去逛火神廟[18]的廟會時，總不敢擠近玉器攤去，即使它不過擺著寥寥的幾件。怕的是一不小心，將它碰倒了，或者摔碎了一兩件，就要變成寶貝，一輩子賠不完，那罪孽之重，會在毀壞一座博物館之上。而且推而廣之，連熱鬧場中也不大去了，那一回的示威運動時，雖有「打落門牙」[19]的「流言」，其實卻躺在家裡，託福無恙。但那兩屋子「關於社會主義的德文書」以及其他從

「孤桐先生」府上陸續散出的壯觀，卻也因此「交臂失之」[20]了。這實在也就是所謂「有一利必有一弊」，無法兩全的。

現在是收藏洋書之富，私人要數莊士敦先生，公團要推「政治學會圖書館」了，只可惜一個是外國人，一個是靠著美國公使芮恩施竭力提倡出來的[21]。「北京國立圖書館」將要擴張，實在是再好沒有的事，但聽說所依靠的還是美國退還的賠款[22]，常年經費又不過三萬元，每月二千餘。要用美國的賠款，也是非同小可的事，第一，館長就必須學貫中西，世界聞名的學者。據說，這自然只有梁啟超[23]先生了，但可惜西學不大貫，所以配上一個北大教授李四光先生[24]做副館長，湊成一個中外兼通的完人。然而兩位的薪水每月就要一千多，所以此後也似乎不大能夠多買書籍。這也就是所謂「有利必有弊」罷，想到這裡，我們就更不能不痛切地感到「孤桐先生」獨力購置的幾房子好書慘遭散失之可惜了。

總之，在近幾年中，是未必能有較好的「做學問的工具」的，學者要用功，只好是自己買書讀，但又沒有錢。聽說「孤桐先生」倒是想到了這一節，曾經發表過文章，然而下臺了，很可惜[25]。學者們另外還有什麼法子呢，自然「也難怪他們除了說說『閒話』便沒有什麼可幹」，雖然北京三十多個大學還不及他們「私人的書多」。為什麼呢？要知道做學問不是容易事，「也許一個小小的題目得參考百十種書」，連「孤桐先生」的藏書也未必夠用。陳源教授就舉著一個例：「就以『四書』[26]來說」罷，「不研究漢宋明清許多儒家的注疏理論，『四書』的真正意義是不易領會的。短短的一部『四書』，如果細細的研究起來，就得用得了幾百幾千種參考書」。

這就足見「學問之道，浩如煙海」了，那「短短的一部『四書』」，我是讀過的，至於漢人的「四書」注疏或理論，卻連聽也沒有聽到過。陳源教授所推許為「那樣提倡風雅的封藩大臣」之一張之洞先生在做給「束髮小生」們看的《書目答問》上曾經說：「『四書』，南宋以後之名。[27]」我向來就相信他的話，此後翻翻《漢書藝文志》，《隋書經籍志》[28]之類，也只有「五經」，「六經」，「七經」，「六藝」[29]，卻沒有「四書」，更何況漢人所做的注疏和理論。但我所參考的，自然不過是通常書，北京大學的圖書館裡就有，見聞寡陋，也未可知，然而也只得這樣就算了，因為即使要「抱」，卻連「佛腳」都沒有。由此想來，那能「抱佛腳」的，肯「抱佛腳」的，的確還是真正的福人，真正的學者了。他「家翰笙」還慨乎言之，大約是「《春秋》責備賢者」[30]之意罷。

完

現在不高興寫下去了，只好就此完結。總之：將《現代評論增刊》略翻一遍，就覺得五光十色，正如看見有一回廣告上所開列的作者的名單。例如李仲揆教授的《生命的研究》呀，胡適[31]教授的《譯詩三首》呀，徐志摩[32]先生的譯詩一首呀，西林[33]氏的《壓迫》呀，陶孟和[34]教授的要到二〇二五年才發表而必須我們的玄孫才能全部拜讀的大著作的一部分呀……。但是，翻下去時，不知怎的我的眼睛卻看見灰色了，於是乎拋開。

現在的小學生就能玩七色板，將七種顏色塗在圓板上，停著的時候，是好看的，一轉，便變成灰色，——本該是白色的罷，可是塗得不得法，變成灰色了。收羅許多著名學者的大著作的大報，自然是光怪陸離，但也是轉不得，轉一周，就不免要顯出灰色來，雖然也許這倒正是它的特色。

一月三日

【注釋】

1 本篇最初發表於一九二六年一月十八日《語絲》週刊第六十二期。

2 陳源（一八九六—一九七〇），字通伯，筆名西瀅，現代評論派的主要成員。曾留學英國，當時任北京大學教授。

3 綜合性週刊，一九二四年十二月創刊於北京，一九二七年七月移至上海，一九二八年底出至第九卷第二〇九期停刊。主要撰稿人有胡適、陳西瀅、王世杰、唐有壬、徐志摩等，這些人當時被稱為「現代評論派」。

4 此語原為陳西瀅對於魯迅等七教員關於北京女子師範大學風潮的宣言的譏評。陳在《現代評論》第一卷第二十五期（一九二五年五月三十日）發表的《閒話》中說：「這個宣言語氣措詞，我們看來，未免過於偏袒一方，不大公允，看文中最精彩的幾句就知道了。……這是很可惜的。」

5 民國成立後至一九二七年這一時期舊中國的國旗，紅黃藍白黑五色橫列，象徵漢、滿、蒙、回、藏五族共和。

6 在女師大風潮中，楊蔭榆曾一再利用宴會方式，拉攏教員，策劃壓迫學生。在章士釗解散女師大另辦女子大學後，女師大進步師生另在宗帽胡同租屋上課，後於一九二五年十一月三十日返回原校址復校。十二月十四日，女子大學也用宴會方式宴請所謂「教育界名流」。陳西瀅、王世杰、燕樹棠等人在席上成立所謂「教育界公理維持會」（次日改名「國立女子大學後援會」），於十二月十六日在《致北京國立各校教職員聯席會議函》中攻擊女師大進步師生說：「同人等以為女師大應否恢復，目的如何，另屬一問題，而少數人此種橫暴行為，理應在道德上加以切實否認。」這裡就是針對他們而發。

7 一九二五年八月，章士釗決定在女師大校址另立女子大學，十九日派專門教育司司長劉百昭前往籌備。劉於二十二日在軍警配合下雇用流氓和老媽子毆拽學生出校。這裡是對此事的諷刺。

8 莎士比亞（W.Shakespeare，一五六四—一六一六），歐洲文藝復興時期英國戲劇家、詩人，著有劇本《羅密歐與茱麗葉》、《哈姆雷特》、《仲夏夜之夢》等三十七種。塞文狄斯（M.de Cervantes Saavedra，一五四七—一六一六），通譯塞凡提斯，歐洲文藝復興時期西班牙作家，著有長篇小說《堂吉訶德》等。芮恩施（P.S.Reinsch），民國初年美國駐華公使。羅家倫在《新潮》第一卷第一號（一九一九年一月）發表的《今日中國之小說界》內，曾引芮恩施的話來作為「外國人之中國人譯外國小說觀」的論據；並稱他「是美國一位很大的學者」。這裡所說「因為在講什麼文藝學術的一篇論文上見過他的名字」，即指羅家倫的這篇論文。

9 指梁啟超在《中國史界革命案》中引英國斯賓塞的話：「或有告者曰：鄰家之貓，昨日產一子，以云事實，誠事實也；然誰不知為無用之事實乎？何也？以其與他事毫無關涉，於吾人生活上之行為，毫無影響也。」

10 語見《世說新語．排調》：謝安「屢違朝旨，高臥東山，諸人每相與言：安石（按謝安的字）不肯出，將如蒼生何！」後人常用的「斯人不出，如蒼生何！」一語即由此而來。

11 北京地名，當時北京大學第一院所在地。下文的「南池子」，也是北京地名。

12 即王品青，河南濟源人，北京大學畢業，《語絲》撰稿人。曾任北京孔德學校教員。

13 指陳翰笙，江蘇無錫人，社會學家，當時任北京大學教授。他曾在《現代評論》第三卷第五十三期（一九二五年十二月十二日）發表《臨時抱佛腳》一文，說北京政治學會圖書館藏書在一萬冊以上，「會員裡十九是留學歐美歸國的人」；他根據館內借書統計表，指出一九二五年因有「滬案（按即五卅慘案）和關會（按即關稅會議）兩個熱鬧的時務題目」，借書的人數較前一年大為增多；因而他用「臨時抱佛腳」這句俗諺來形容當時學術界大部分人平時的「懶惰」。陳西瀅在《〈現代評論〉第一周年紀念增刊》（一九二六年一月一日）發表《做學問的工具》一文中引用陳翰笙的話時，稱他為「『吾家』翰笙」。

14 愛新覺羅・溥儀（一九〇六—一九六七），即清朝最後的皇帝宣統。

莊士敦（一八七四—一九三八），英國人。曾任威海衛「英國租借地行政長官」，一九一九年起，任溥儀的英文教師，以後即長期和溥儀保持密切關係。一九二四年春夏間，曾與金梁、康有為等密謀復辟；同年十一月溥儀被逐出宮後，他又與鄭孝胥等於十二月護送溥儀逃往日本使館，是個長期在我國從事陰謀活動的帝國主義分子。

15 章士釗（一八八一—一九七三），字行嚴，湖南長沙人，早年署名青桐，後改秋桐，自一九二五年七月創辦《甲寅》週刊時起，又改署孤桐（見《甲寅》週刊第一號《字說》）。陳西瀅在文章中常親暱地稱他為「孤桐先生」。

16 一九二五年十一月二十八日，北京民眾為要求關稅自主和反對段祺瑞政府舉行示威遊行。群眾對於段祺瑞和平日依附他的一批政客如章士釗、朱深等人深為憤恨，遊行時曾到他們的住宅示威；事後，章士釗即寫了一篇《寒家再毀記》（按同年五月七日，因章士釗禁止學生紀念國恥，學生曾赴章宅質問，發生衝突，因此他稱這次為「再毀」），說他「家中所有。以中西書籍為第一項。……西籍為愚歷年續續購辦。哲學政計諸門差完。……最後一批。乃兩年前在柏林所得。甚稱富有。」又說當日群眾「一擁而入。遇物即毀。……自插架以至案陳。凡書之屬無完者。」（見一九二五年十二月五日《甲寅》週刊第一卷第二十一號）

接著，陳西瀅在《做學問的工具》一文裡又附和說：「孤桐先生在英國德國買的書是我親自看見的。他柏林寓中兩間屋，幾乎滿床滿架滿桌滿地，都是關於社會主義的德文書。我不知道這些書都在北京否。從《寒家再毀記》看來，好像他們夫婦兩位的藏書都散失了。這真是很可惜的。」

17 劉百昭，湖南武岡人，章士釗的親信之一，在章任教育總長時期，任教育部專門教育司司長兼北京藝術專門學校校長。一九二五年十一月二十八日，北京民眾因要求關稅自主示威遊行時，劉的住宅也受到衝擊，他便乘機吞沒存放家中的藝專公款八千元，捏詞呈報教育部說公款全數被劫，無法賠墊。

18 在北京琉璃廠。舊時每年夏曆正月初一至十五廟會期間，設有很多臨時的古玩玉器攤。

19 一九二五年十月二十六日，北京民眾五萬餘人在天安門集會，反對當時在北京開幕的「關稅特別會議」，主張關稅自主，會後遊行。但赴會群眾剛進至新華門前，即遭大批武裝警察阻止和毆打，致引起衝突，群眾受傷十餘人，被捕數人。次日，《社會日報》等做了與事實不符的報導，說魯迅曾經參加，並被警察打落門牙兩顆。

20 語出《莊子．田子方》：「吾終身與汝交一臂而失之。」

21 陳西瀅在《做學問的工具》裡頌揚芮恩施說：「我想著要是那時美國公使萊恩施沒有竭力的提倡，組織什麼政治學會，辦什麼圖書館，那麼今年不要說有了兩個熱鬧的時務題目，就有了二十個熱鬧的時務題目，也就要借書也無從借起了。」

22 指一九〇一年《辛丑條約》規定的「庚子賠款」中尚未付給美國的部分。美帝國主義為了對我國進行文化侵略，在所謂「資助」我國教育文化事業的幌子下，於一九〇八年第一次將賠款中的一部分退還我國；一九二四年又決定將餘款全數退還。這裡所說用以擴充北京圖書館的經費，即在第二次退款之內。

23 梁啟超（一八七三—一九二九），字卓如，號任公，廣東新會人。清末與康有為同為戊戌維新運動的主要領導人，失敗後逃亡日本。一九〇二年在東京創辦《新民叢報》，鼓吹君主立憲，反對孫中山領導的資產階級民主革命運動。辛亥革命後，歷任北洋政府司法、財政總長，清華學校研究院教授。他用淺顯的文言著述，著有《飲冰室文集》。

24 李四光（一八八九—一九七一），字仲揆，湖北黃岡人。地質學家。曾留學英國伯明翰大學，當時任北京大學教授。

25 陳西瀅在《做學問的工具》裡說過這樣的話：「要學者去弄他們的學問，最重要的，第一，便是學者能有固定的收入，不至於整天的憂柴愁米；第二；便是供給他們比較完善的做學問的工具。……孤桐先生在他未下臺以前，曾經發表了兩篇文章。他對於學者宜有固定收入是看得很清楚的，然而第二種要求他似乎沒看到。」參看本書《不是信》第六段。

26 指《大學》、《中庸》、《論語》、《孟子》。北宋時，程顥、程頤特別推崇《禮記》中的《大學》、《中庸》兩篇；南宋朱熹又將這兩篇和《論語》、《孟子》合在一起，撰寫《四書章句集注》，自此便有了「四書」這個名稱。

27 張之洞（一八三七—一九〇九），字孝達，河北南皮人，清末提倡「洋務運動」的大官僚之一。曾任四川學政、湖廣總督。「提倡風雅的封藩大臣」，是陳西瀅在《做學問的工具》裡推崇他的話。

28 《書目答問》，張之洞在四川學政任內所著，成於一八七五年（清光緒元年），一說為繆荃孫代筆。「『四書』，南宋以後之名」，見該書經部第二。

29 「束髮小生」，章士釗對青年學生常用的蔑稱。如他在一九二五年因禁止學生紀念「五七」國恥而遭到反對時，在給段祺瑞的辭呈裡說：「夫束髮小生。千百成群。至以本管長官之進退。形諸條件。」束髮，古代指男子成童的年齡。

28 《漢書》，東漢班固撰。其中《藝文志》是當時所存各種書籍名目的彙編，為我國最早的書目。《隋書》，唐代魏徵等撰，其中《經籍志》性質和《漢書藝文志》同。

29 指《詩》、《書》、《禮》、《易》、《春秋》。「六經」，「五經」加上《樂經》。「七經」則為「五經」加上《論語》、《孝經》。「六藝」，這裡指「六經」。

30 語出《新唐書．太宗本紀》：「《春秋》之法，常責備於賢者。」這裡是求全責備的意思。

31 胡適（一八九一—一九六二），字適之，安徽績溪人，現代評論派主要成員之一。早年留學美國，當時任北京大學教授。他發表在《〈現代評論〉第一周年紀念增刊》上的《譯詩三首》，是英國詩人勃朗寧的《清晨的分別》、雪萊的《給——》、哈代的《月光裡》。

32 徐志摩（一八九七—一九三一），名章垿，字志摩，浙江海寧人。詩人，現代評論派主要成員，曾先後留學歐美，當時任北京大學教授，《晨報副刊》編輯。他發表在《〈現代評論〉第一周年紀念增刊》上的「譯詩一首」，是英國詩人羅賽蒂的《圖爾的約翰》。

33 丁燮林（一八九三－一九七四），筆名西林，字巽甫，江蘇泰興人，物理學家、劇作家。早年留學英國，當時任北京大學教授。《壓迫》是他所作的一個獨幕劇。

34 陶孟和（一八八七－一九六〇），名履恭，字孟和，天津人，社會學家。當時任北京大學教授，《現代評論》的經常撰稿人。他在該刊《第一周年紀念增刊》（一九二六年一月一日）上曾發表《現代教育界的特色》一文，題下自注：「這是要到二〇二五年才可以發表——假使當時的狀況允許——的一部著作裡的幾節。」

有趣的消息[1]

雖說北京像一片大沙漠，青年們卻還向這裡跑；老年們也不大走，即或有到別處去走一趟的，不久就轉回來了，彷彿倒是北京還很有什麼可以留戀。厭世詩人的怨人生，真是「感慨繫之矣」，然而他總活著；連祖述釋迦牟尼先生的哲人勗本華爾也不免暗地裡吃一種醫治什麼病症的藥，不肯輕易「涅槃」[2]。俗語說：「好死不如惡活」，這當然不過是俗人的俗見罷了，可是文人學者之流也何嘗不這樣。所不同的，只是他總有一面辭嚴義正的軍旗，還有一條尤其義正辭嚴的逃路。真的，倘不這樣，人生可真要無聊透頂，無話可說了。

北京就是一天一天地百物昂貴起來；自己的「區區僉事」，又因為「妄有主張」[3]，被章士釗先生革掉了。向來所遭遇的呢，借了安特來夫的話來說，是「沒有花，沒有詩」[4]，就只有百物昂貴。然而也還是「妄有主張」，沒法回頭；倘使有一個妹子，如《晨報副刊》[5]上所豔稱的「閒話先生」的家事似的，叫道：「阿哥！」那聲音正如「銀鈴之響於幽谷」，向我求告，「你不要再做文章得罪人家了，好不好？」我也許可以借此撥轉馬頭，躲到別墅裡去研究漢朝人所做的「四書」注疏和理論去。然而，惜哉，沒有這樣的好妹子；「女嬃之嬋媛兮，申申其詈予，曰：鯀婞直以亡身兮，終然殀乎羽之野。」連有一個那樣凶姊姊的幸福也不及屈靈均[6]。我的終於「妄有主張」，或者也許是無可推託之故罷。然而這關係非同小可，將來怕要遭殃了，因為我知道，得罪人是要得到報應的。

話要回到釋迦先生的教訓去了，據說：活在人間，還不如下地獄的穩妥。做人有「作」就是動作（＝造孽），下地獄卻只有「報」（＝報應）了；所以生活是下地獄的原因，而下地獄倒是出地獄的起點。這樣說來，實在令人有些想做和尚，但這自然也只限於「有根」[7]（據說，這是「一句天津話」）的大人物，我卻不大相信這一類鬼畫符。活在沙漠似的北京城裡，枯燥當然是枯燥的，但偶然看看世態，除了百物昂貴之外，究竟還是五花八門，創造藝術的也有，製造流言的也有，肉麻的也有，有趣的也有……這大概就是北京之所以為北京的緣故，也就是人們總還要奔湊聚集的緣故。可惜的是只有一些小玩意，老實一點的朋友就難於給自己豎起一杆辭嚴義正的軍旗來。

我一向以為下地獄的事，待死後再對付，只有目前的生活的枯燥是最可怕的，於是便不免於有時得罪人，有時則尋些小玩意兒來開開笑口，但這也就是得罪人。得罪人當然要受報，那也只好準備著，因為尋些小玩意兒來開開笑口的是更不能豎起辭嚴義正的軍旗來的。

其實，這裡也何嘗沒有國家大事的消息呢，「關外戰事不日將發生」呀，「國軍一致擁段」[8]哪，有些報紙上都用了頭號字煌煌地排印著，可以刺得人們頭昏，但於我卻都沒有什麼鳥趣味。人的眼界之狹是不大有藥可救的，我近來覺得有趣的倒要算看見那在德國手格盜匪若干人，在北京率領三河縣老媽子一大隊的武士劉百昭校長居然做駢文，大有偃武修文之意了；而且「百昭海邦求學，教部備員，多藝之譽愧不如人，審美之情差堪自信」[9]，還是一位文武全才，我先前實在沒有料想到。第二，就是去年肯管閒事的「學者」，今年不管閒事了，在年底結清帳目的辦法，原來不止是掌櫃之於流水簿，也可以適用於「正人君子」的行為的。或者，「阿哥！」這一聲叫，正在中華民國十四年十二月卅一日的夜間十二點鐘罷。

但是，這些趣味，剎那間也即消失了，就是我自己的思想的變動，也誠然是可恨。我想，照著境遇，思想言行當然要遷移，一遷移，當然會有所以遷移的道理。況且世界上的國慶很不少，古今中外名流尤其多，他們的軍旗，是全都早經豎定了的。前人之勤，後人之樂，要做事的時候可以援引孔丘墨翟，不做事的時候另外有老聃[10]，要被殺的時候我是關龍逄，要殺人的時候他是少正卯[11]，有些力氣的時候看看達爾文赫胥黎的書，要人幫忙就有克魯巴金的《互助論》[12]，勃朗寧夫婦[13]豈不是講戀愛的模範麼，勗本華爾和尼采[14]又是咒詛女人的名人，……歸根結蒂，如果楊蔭榆[15]或章士釗可以比附到猶太人特萊孚斯去，則他的篋片就可以等於左拉等輩了。這個時候，可憐的左拉要被中國人背出來；幸而楊蔭榆或章士釗是否等於特萊孚斯，也還是一個大疑問。[16]

然而事情還沒有這麼簡單，中國的壞人（如水平線下的文人和學棍學匪之類[17]），似乎將來要大吃其苦了，雖然也許要在身後，像下地獄一般。但是，深謀遠慮的人，總還以從此小心，不要多說為穩妥。你以為「閒話先生」真是不管閒事了麼？並不然的。據說他是要「到那天這班出鋒頭的人們脫盡了銳氣的日子，我們這位閒話先生正在從容的從事他那『完工的拂拭』（The finishing touch），笑吟吟的擎著他那枝從鐵槓磨成的繡針，諷刺我們情急是多麼不經濟的一個態度，反面說只有無限的耐心才是天才唯一的憑證」[18]。（《晨報副刊》一四二三）

後出者勝於前者，本是天下的平常事情，但除了墮落的民族。即以衣服而論，也是由裸體而用會陰帶或圍裙，於是有衣裳，衮冕。我們將來的天才卻特異的，別人繫了圍裙狂跳時，他卻躲在繡房裡刺繡，——不，磨繡針。待到別人的圍裙全數破舊，他卻穿了繡花衫子站出來了。大家只好說道「啊！」可憐的性急的野蠻人，竟連圍裙也不知道換一條，怪不得銳氣終於脫盡；脫盡猶可，還要看那「笑吟吟」的「諷刺」的「天才」臉哩，這實在是對於靈魂的鞭責，雖說還在遼遠的將來。

還有更可怕的，是我們風聞二〇二五年一到，陶孟和教授要發表一部著作。內容如何，只有百年後的我們的曾孫或玄孫們知道罷了，但幸而在《現代評論增刊》上提前發表了幾節，所以我們竟還能「管中窺豹」[19]似的，略見這一部新書的大概。那是講「現代教育界的特色」的，連教員的「兼課」之多也說在內。[20]他問：「我的議論太悲觀，太刻薄，太荒誕嗎？我深願受這個批評，假使事實可以證明。」這些批評我們且俟之百年之後，雖然那時也許無從知道事實；典籍呢，大概也只有「笑吟吟的」佳作留傳。要是當真這樣，那大半是「英雄所見略同」的，後人總不至於以為刻薄罷。但我們也難於懸揣，不過就今論今，似乎頗有些「孔子作《春秋》，而亂臣賊子懼」[21]之意了。人們不逢如此盛事者，蓋已將二千四百年云。

總之，百年以內，將有陳源教授的許多（？）書，百年以後，將有陶孟和教授的一部書出現。內容雖然不知道怎樣，但據目下所走漏的風聲看起來，大概總是諷刺「那班出鋒頭的人們」，或「馳驅九城」的教授的。

我常常感嘆，印度小乘教[22]的方法何等厲害：它立了地獄之說，借著和尚，尼姑，念佛老嫗的嘴來宣揚，恐嚇異端，使心志不堅定者害怕。那訣竅是在說報應並非眼前，卻在將來百年之後，至少也須到銳氣脫盡之時。這時候你已經不能動彈了，只好聽別人擺布，流下鬼淚，深悔生前之妄出鋒頭；而且這時候，這才認識閻羅大王的尊嚴和偉大。

這些信仰，也許是迷信罷，但神道設教，於「挽世道而正人心」的事，或者也還是不無裨益。況且，未能將壞人「投畀豺虎」[23]於生前，當然也只好口誅筆伐之於身後，孔子一車兩馬，倦遊各國以還，抽出鋼筆來作《春秋》，蓋亦此志也。

但是，時代遷流了，到現在，我以為這些老玩意，也只好騙騙極端老實人。連鬧這些玩意兒的人們自己尚且未必信，更何況所謂壞人們。得罪人要受報應，平平常常，並不見得怎樣奇特，有時說些宛轉的話，是姑且客氣客氣的，何嘗想借此免於下地獄。這是無法可想的，在我們不從容的人們的世界中，實在沒有那許多工夫來擺臭紳士的臭架子了，要做就做，與其說明年喝酒，不如立刻喝水；待廿一世紀的剖撥戮屍，倒不如馬上就給他一個嘴巴。至於將來，自有後起的人們，決不是現在人即將來所謂古人的世界，如果還是現在的世界，中國就會完！

一月十四日

【注釋】

1 本篇最初發表於一九二六年一月十九日《國民新報副刊》。

2 釋迦牟尼（約公元前五六五—前四八六），佛教創始人。印度釋迦族人。牟尼，聖人的意思。

叔本華爾（Arthur Schopenhauer，一七八八—一八六〇），通譯叔本華，德國哲學家，唯意志論者。這裡說他「祖述釋迦牟尼」，是因為他的思想曾部分地受了印度佛教哲學的影響。他死後，從他的書籍裡曾發現醫治梅毒的藥方，這裡說他「暗地裡吃一種醫治什麼病症的藥」，即指此事。

「涅槃」，佛家語，原意為寂滅、解脫等，引申為死亡的意思。

3 魯迅在一九二二年八月被任命為教育部僉事。一九二五年，因支持女師大進步學生，於八月中被章士釗非法免職，為此他向平政院提出控告。當時有人借此攻擊他因為失去「區區僉事」，所以反對章士釗，沒有「學者的態度」。「妄有主張」，是章士釗在給平政院答辯書中誣衊作者的話。

4 通譯安德列夫（Леони́д Никола́евич Андре́ев，一八七一—一九一九）俄國作家。十月革命後逃亡國外。「沒有花，沒有詩」，出自他的小說《紅的笑》：「你知道地球已發狂了，已沒有花與歌在地球上了。」（據梅川譯文）

5 《晨報》，是當時在政治上擁護北洋政府的政治團體研究系在北京出版的機關報；但它的副刊在進步力量的推動下，一個時期內是贊助新文化運動的重要期刊之一。自一九二一年秋至一九二四年冬約三年間，由孫伏園編輯。魯迅經常為該刊寫稿。從一九二五年十月起，由現代評論派徐志摩編輯。

徐志摩在一九二六年一月十三日《晨報副刊》發表一篇《「閒話」引出來的閒話》，盛讚陳西瀅在《現代評論》第三卷第五十七期（一九二六年一月九日）談法朗士的《閒話》，是「一篇可羨慕的嫵媚的文章」。因而希望「上帝保佑他以後只說閒話，不再管閒事！」文中曾講述了一件關於陳西瀅的「家事」：『阿哥』，他的妹妹一天對他求告，『你不要再作文章得罪人家了，好不好？回頭人家來燒我們的家，怎麼好？』『你趁早把自己的東西，』閒話先生回答說，『清點了開一個單子給我，省得出了事情以後你倒來向我阿哥報虛帳！』」

6 見屈原《離騷》。女嬃，一般以為是屈原對其姊的稱謂。《說文》：「楚人謂姊為嬃。」鯀，夏禹的父親，相傳他因治水無功，被舜殺於羽山。

屈靈均，即屈原（約前三四〇—約前二七八），戰國時楚國詩人。

7 這是徐志摩吹捧陳西瀅的話，見他所作《「閒話」引出來的閒話》。參看本書《無花的薔薇》第七節。

8 一九二五年十一月，奉系將領郭松齡秘密和馮玉祥國民軍聯合，反對張作霖；不久在日本帝國主義的武裝干涉下兵敗被殺。但駐守榆關的郭松齡部炮兵旅長魏益三，於次年一月三日宣布與國民軍合作，改稱國民軍第四軍，繼續與張作霖對峙，戰爭處於一觸即發之勢。故報上說「關外戰事不日將發生」。

「國軍一致擁段」，一九二六年一月九日，段祺瑞在直奉等軍閥的壓力下被迫通電辭職。國民軍為了暫時維持現狀，曾表示挽留，故報上有「國軍一致擁段」之說。這兩則新聞標題，《京報》等均以頭號字排印。

9 劉百昭於一九二五年八月十九日，奉章士釗命令接收女師大時，與學生發生衝突，他恐嚇學生說：「本人稍嫻武術，在德時曾徒手格退盜賊多人。」二十二日，他又雇用老媽子百餘人隨同巡警將女師大學生毆拽出校。一九二五年九月至次年一月間，他兼任北京藝術專門學校校長；這裡所引的駢文是他為《藝專旬刊》所作的《發刊詞》中的句子。按當時北京女傭以三河縣籍為多，故被泛稱為「三河縣老媽子」。

10 即孔子，儒家創始人。

墨翟（約前四六八—前三七六），墨家創始人。

老聃，即老子，道家創始人。過去一般認為，在對待現實生活的態度上，儒家、墨家都是主張「有所為」的，他們各自提出一套治理國家的學說，而道家則是主張「無為」而治的。

11 關龍逄：夏桀的臣子，因諫桀作酒池被殺。

少正卯，春秋時魯國大夫。孔丘為魯國司寇時，借鼓吹邪說等罪名將他殺害。

12 達爾文（C.R.Darwin，一八〇九—一八八二），英國生物學家，進化論的奠基人。主要著作有

《物種起源》等。

赫胥黎（T.H.Huxley，一八二五—一八九五），英國生物學家，達爾文學說的積極支持者和宣傳者。主要著作有《人類在自然界中的位置》等。他們認為生物在進化過程中必然要經歷劇烈的生存鬥爭。

克魯巴金（Boleslar Kazimirovich Kukel，一八四二—一九二一），通譯克魯泡特金，俄國無政府主義者。他在所著《互助論》中，認為生物進化和人類發展，都有賴於互助，主張用互助的辦法來解決社會矛盾。

13 勃朗寧（R.Browning，一八一二—一八八九）和勃朗寧夫人（E.Browning，一八〇六—一八六一），都是英國詩人。他們曾不顧勃朗寧夫人父親的反對，秘密結婚並脫離家庭遠走。

14 尼采（F.Nietzsche，一八四四—一九〇〇），德國哲學家。唯意志論和「超人哲學」的鼓吹者。他和叔本華都是反對婦女解放的人。叔本華在他所著的《婦女論》中誣衊婦女虛偽、虛榮、無知、缺乏思想，是「本來不配做什麼偉大的工作」的人。尼采在他所著的《扎拉圖斯特拉如是說》中則發表「婦女必須服從」、「你到女人那裡去的時候，不要忘記帶一根鞭子」等謬論。

15 楊蔭榆（?—一九三八），江蘇無錫人。曾留學美國，她在擔任北京女子師範大學校長期間，依附北洋軍閥壓迫學生，是當時推行封建奴化教育的代表人物之一。

16 特萊孚斯（A.Dreyfus），法國猶太籍軍官。他在一八九四年受到軍事當局誣告，以洩漏軍事機密罪被判處終身苦役。此事曾引起各界進步人士的不滿。一八九七年經人查明真相，要求復審，又未獲准。

左拉（Zola，一八四〇—一九〇二），法國作家，著有長篇小說《萌芽》《崩潰》《娜娜》等。他在一八九七年對此案的材料作了研究後，確信特萊孚斯是無辜的，就給法國總統佛爾寫了一封《我控訴》的公開信，控訴法國政府、法庭和總參謀部違反法律和人權。結果左拉被判一年徒刑和罰金，被迫逃往英國倫敦。

此案因而引起很大的反響，終於在一九〇六年撤銷前判，特萊孚斯仍復軍職。陳西瀅在《現代評論》第三卷第五十六期（一九二六年一月二日）發表的那篇聲明「不管閒事」的《閒話》裡，竟把楊蔭榆、章士釗比附為特萊孚斯而隱以左拉自況。

篾片，豪門幫閒的俗稱。

17 當時現代評論社出版的《現代叢書》廣告中，吹噓他們出版的作品「不會有一本無價值的書，一本讀不懂的書，一本在水平線下的書」。

學棍學匪，參看本書《學界的三魂》及其注３。當時現代評論派的一些人也對魯迅進行類似的攻擊。

18 這一段也是徐志摩在《「閒話」引出來的閒話》裡替陳西瀅吹噓的話。

19 語見《晉書·王獻之傳》：「管中窺豹，時見一斑。」

20 陶孟和在《現代教育界的特色》一文中說，當時教育界的特色之一是「教育的商業化」。「一種是以授課為營業，……便是俗所謂兼課。……這個時代，學校太多，學者太少，這個僧少粥多的狀況，不得不稍犧牲大學者的光陰。所以除了那些蠢笨無學識的，不得不只依賴一個學校收入吃飯的以外，碩學醇儒便不得不在一星期裡馳驅——如在北京——於九城之中。」這裡的「馳驅於九城」即奔走於北京全城的意思；因北京有正陽、崇文、宣武、安定、德勝、東直、西直、朝陽、阜成等九門，故以「九城」統稱北京全城。

21 語出《孟子·滕文公》：「世衰道微，邪說暴行有作，臣弒其君者有之，子弒其父者有之。孔子懼，作《春秋》……孔子成《春秋》，而亂臣賊子懼。」

22 早期佛教的主要流派，注重修行持戒，自我解脫，自認為是佛教的正統派。它宣傳人死後「神不滅」、輪迴、因果報應等等，在舊社會中影響很大。

23 語見《詩經·小雅·巷伯》：「取彼譖人，投畀豺虎。」一九二五年十二月十六日，所謂「國立女子大學後援會」在《致北京國立各校教職員聯席會議函》中，有這樣一段話：「對於此次女師大非法之恢復，決不能遷就事實，予以正式之承認，而於該校附和暴徒，自墮人格之教職員，即不能投畀豺虎，亦宜摒諸席外，勿與為伍。」

學界的三魂[1]

從《京報副刊》[2]上知道有一種叫《國魂》[3]的期刊，曾有一篇文章說章士釗固然不好，然而反對章士釗的「學匪」們也應該打倒。我不知道大意是否真如我所記得？但這也沒有什麼關係，因為不過引起我想到一個題目，和那原文是不相干的。意思是，中國舊說，本以為人有三魂六魄，或云七魄；國魂也該這樣。而這三魂之中，似乎一是「官魂」，一是「匪魂」，還有一個是什麼呢？也許是「民魂」罷，我不很能夠決定。又因為我的見聞很偏隘，所以未敢悉指中國全社會，只好縮而小之曰「學界」。

中國人的官癮實在深，漢重孝廉而有埋兒刻木[4]，宋重理學[5]而有高帽破靴，清重帖括[6]而有「且夫」「然則」。總而言之：那魂靈就在做官，——行官勢，擺官腔，打官話。頂著一個皇帝做傀儡，得罪了官就是得罪了皇帝，於是那些人就得了雅號曰「匪徒」。學界的打官話是始於去年，凡反對章士釗的都得了「土匪」，「學匪」，「學棍」的稱號，但仍然不知道從誰的口中說出，所以還不外乎一種「流言」。

但這也足見去年學界之糟了，竟破天荒的有了學匪。以大點的國事來比罷，太平盛世，是沒有匪的；待到群盜如毛時，看舊史，一定是外戚，宦官，奸臣，小人當國，即使大打一通官話，那結果也還是「嗚呼哀哉」。當這「嗚呼哀哉」之前，小民便大抵相率而為盜，所以我相信源增[7]先生的話：「表面上看只是些土匪與強盜，其實是農民革命軍。」（《國民新報副刊》四三）那麼，社會不是改進了麼？並不，我雖然也是被謚為「土匪」之一，卻並不想為老前輩們飾非掩過。農民是不來奪取政權的，源增先生又道：「任三五熱心家將皇帝推倒，自己過皇帝癮去。」但這時候，匪便被稱為帝，除遺老外，文人學者卻都來恭維，又稱反對他的為匪了。

所以中國的國魂裡大概總有這兩種魂：官魂和匪魂。這也並非硬要將我輩的魂擠進國魂裡去，貪圖與教授名流的魂為伍，只因為事實彷彿是這樣。社會諸色人等，愛看《雙官誥》[8]，也愛看《四傑村》[9]，望偏安巴蜀的劉玄德成功，也願意打家劫舍的宋公明[10]得法；至少，是受了官的恩惠時候則豔羨官僚，受了官的剝削時候便同情匪類。但這也是人情之常；倘使連這一點反抗心都沒有，豈不就成為萬劫不復的奴才了？

然而國情不同，國魂也就兩樣。記得在日本留學時候，有些同學問我在中國最有大利的買賣是什麼，我答道：「造反。」他們便大駭怪。在萬世一系的國度裡，那時聽到皇帝可以一腳踢落，就如我們聽說父母可以一棒打殺一般。為一部分士女所心悅誠服的李景林[11]先生，可就深知此意了，要是報紙上所傳非虛。今天的《京報》即載著他對某外交官的談話道：「予預計於舊曆正月間，當能與君在天津晤談；若天津攻擊竟至失敗，則擬俟三四月間捲土重來，若再失敗，則暫投土匪，徐養兵力，以待時機」云。但他所希望的不是做皇帝，那大概是因為中華民國之故罷。

所謂學界，是一種發生較新的階級，本該可以有將舊魂靈略加湔洗之望了，但聽到「學官」的官話，和「學匪」的新名，則似乎還走著舊道路。那末，當然也得打倒的。這來打倒他的是「民魂」，是國魂的第三種。先前不很發揚，所以一鬧之後，終不自取政權，而只「任三五熱心家將皇帝推倒，自己過皇帝癮去」了。

惟有民魂是值得寶貴的，惟有他發揚起來，中國才有真進步。但是，當此連學界也倒走舊路的時候，怎能輕易地發揮得出來呢？在烏煙瘴氣之中，有官之所謂「匪」和民之所謂匪；有官之所謂「民」和民之所謂民；有官以為「匪」而其實是真的國民，有官以為「民」而其實是衙役和馬弁。所以貌似「民魂」的，有時仍不免為「官魂」，這是鑒別魂靈者所應該十分注意的。

話又說遠了，回到本題去。去年，自從章士釗提了「整頓學風」[12]的招牌，上了教育總長的大任之後，學界裡就官氣瀰漫，順我者「通」[13]，逆我者「匪」，官腔官話的餘氣，至今還沒有完。但學界卻也幸而因此分清了顏色；只是代表官魂的還不是章士釗，因為上頭還有「減膳」執政[14]在，他至多不過做了一個官魄；現在是在天津「徐養兵力，以待時機」了。[15]我不看《甲寅》[16]，不知道說些什麼話：官話呢，匪話呢，民話呢，衙役馬弁話呢？……

一月二十四日

【注釋】

1 本篇最初發表於一九二六年二月一日《語絲》週刊第六十四期。本文發表時篇末有作者的《附記》如下：

今天到東城去教書，在新潮社看見陳源教授的信，在北京大學門口看見《現代評論》，那《閒話》裡正議論著章士釗的《甲寅》，說「也漸漸的有了生氣了。可見做時事文章的人官實在是做不得的，……自然有些『土匪』不妨同時做官僚，……」這麼一來，我上文的「逆我者『匪』」，「官腔官話的餘氣」云云，就又有了「放冷箭」的嫌疑了。

現在特地聲明：我原先是不過就一般而言，如果陳教授覺得痛了，那是中了流彈。要我在「至今還沒有完」之後，加一句「如陳源等輩就是」，自然也可以。至於「順我者『通』」的通字，卻是此刻所改的，那根據就在章士釗之曾稱陳源為「通品」。別人的褒獎，本不應拿來譏笑本人，然而陳源現就用著「土匪」的字樣。

有一回的《閒話》（《現代評論》五十）道：「我們中國的批評家實在太宏博了。他們……在地上找尋竊賊，以致整大本的剽竊，他們倒往往視而不見。要舉個例嗎？還是不說吧，我實在不敢再開罪『思想界的權威』。」

按照他這回的慷慨激昂例，如果要免於「卑劣」且有「半分人氣」，是早應該說明誰是土匪，積案怎樣，誰是剽竊，證據如何的。現在倘有記得那括弧中的「思想界的權威」六字，即曾見於《民報副刊》廣告上的我的姓名之上，就知道這位陳源教授的「人氣」有幾多。

從此，我就以別人所說的「東吉祥派」「正人君子」「通品」等字樣，加於陳源之上了，這回是用了一個「通」字；我要「以眼還眼以牙還牙」，或者以半牙，以兩牙還一牙，因為我是人，難於上帝似的銖兩悉稱。如果我沒有做，那是我的無力，並非我大度，寬恕了加害於我的敵人。

還有，有些下賤東西，每以穢物擲人，以為人必不屑較，一計較，倒是你自己失了人格。我可要照樣的擲過去，要是他擲來。但對於沒有這樣舉動的人，我卻不肯先動手；而且也以文字為限，「捏造事實」和「散布「流言」」的鬼蜮的長技，自信至今還不屑為。在馬弁們的眼裡雖然是「土匪」，然而「盜亦有道」的。記起一件別的事來了。

前幾天九校「索薪」的時候，我也當作一個代表，因此很會見了幾個前「公理維持會」即「女大後援會」中人。幸而他們倒並不將我捆送三貝子花園或運入深山，「投畀豺虎」，也沒有實行「割席」，將板凳鋸開。終於「學官」「學匪」，都化為「學丐」，同聚一堂，大討其欠帳，——自然是討不來。記得有一個洋鬼子說過：中國先是官國，後來是土匪國，將來是乞丐國。單就學界而論，似乎很有點上這軌道了。想來一定有些人要後悔，去年竟抱了「有奶不是娘」主義，來反對章士釗的罷。

一月二十五日東壁燈下寫

2 《京報》，邵飄萍創辦的具有進步色彩的報紙，一九一八年十月五日創刊於北京。《京報副刊》，一九二四年十二月創刊，孫伏園編輯。

3 國家主義派所辦的一種旬刊，一九二五年十月在北京創刊，次年一月改為週刊。該刊第九期（一九二五年十二月三十日）載有姜華的《學匪與學閥》一文，主要意思是煽動北京的學生起來打倒馬裕藻一派的所謂「學匪」（按馬裕藻是當時反對章士釗、楊蔭榆的女師大教員之一）；但又故作公正地小罵了章士釗幾句。這裡說到《京報副刊》，是因為一九二六年一月十日該刊載有何曾亮（即周作人）駁斥姜華的《國魂之學匪觀》一文。

4 漢朝選用人才的制度中，有推舉「孝子」和「廉士」做官的一項辦法，因此社會上就產生了許多虛偽矯情的事情。《太平御覽》卷四一一引劉向《孝子圖》記郭巨埋兒的事說：「郭巨，河內溫人。甚富，父沒，分財二千萬為兩，分與兩弟，己獨取母供養。……妻產男，慮養之則妨供養，乃令妻抱兒，欲掘地埋之。於土中得金一釜，上有鐵券云：『賜孝子郭巨。』……遂得兼養兒。」又卷四八二引干寶《搜神記》記丁蘭刻木的事說：「丁蘭，河內野王人。年十五，喪母，乃刻木作母事之，供養如生。鄰人有所借，木母顏和則與，不和不與。後鄰人忿蘭，盜斫木母，應刀血出。蘭乃殯殮，報仇。漢宣帝嘉之，拜中大夫。」

5 亦稱道學，即宋代程顥、程頤、朱熹等人闡釋儒家學說而形成的唯心主義思想體系。當時那些理學家在服裝上也往往和一般人不同。如《程氏外書》記程頤的服裝說：「先生常服繭袍，高帽檐劣半寸，繫條。曰：此野人之服也。」

6 科舉考試文體之名。唐代考試制度，明經科以「帖經」試士。《文獻通考．選舉二》：「凡舉司課試之法：帖經者，以所習之經，掩其兩端，中間惟開一行，裁紙為帖。」後考生因帖經難記，就總括經文編成歌訣，叫帖括。後世因稱科舉應試的文章為帖括；這裡是指清代的制義，即八股文。「且夫」「然則」，是這一類文字中的濫調。

7 姓谷，山東文登人，北京大學法文系學生。一九二六年一月二十日《國民新報副刊》載有他翻譯的《帝國主義與帝國主義國家的工人階級》一文，這裡的引文即見於該文的譯後記中。

8 戲曲名。明代楊善之著有傳奇《雙官誥》。後來京劇中也有此劇，內容是：薛廣出外經商，訛傳已死，他的第二妾王春娥守節撫養兒子薛倚。後來薛廣做了高官回家，薛倚也及第還鄉，由此王春娥便得了雙重的官誥。

9 京劇名。故事出自清代無名氏著《綠牡丹》。內容是：駱宏勳被歷城縣知縣賀世賴誣為強盜，在解往京城途中，又被四傑村惡霸朱氏兄弟將囚車奪去，欲加殺害，幸為幾個綠林好漢將他救出，並放火燒了四傑村。

10 劉備（一六一—二二三），字玄德，涿郡涿縣（今屬河北）人，三國時在西蜀稱帝。長篇小說《三國演義》以他作為主要人物之一。

宋公明，長篇小說《水滸傳》中的主要人物宋江，其原型是北宋末山東一帶農民起義的領袖。

11 李景林，字芳岑，河北棗強人，奉系軍閥，曾任直隸督軍。一九二五年冬，奉軍郭松齡倒戈與張作霖作戰，馮玉祥國民軍也乘機對李景林發動攻擊，占領天津。李逃匿租界，後於一九二六年一月到濟南收拾殘部，與張宗昌聯合，稱為直魯聯軍，準備反攻。他對某外交官的談話，就是這時發表的。

12 一九二五年四月，章士釗由司法總長兼任教育總長，聲言「整頓學風」，妄圖鎮壓當時蓬勃發展的學生運動。同年八月二十五日，段祺瑞政府內閣會議通過了章士釗草擬的「整頓學風令」，並由執政府明令發表。

13 這是作者對章士釗、陳西瀅等人的諷刺。章士釗在《甲寅》週刊第一卷第二號（一九二五年七月二十五日）《孤桐雜記》中讚揚陳西瀅說：「《現代評論》有記者自署西瀅。無錫陳源之別字也。陳君本字通伯。的是當今通品。」

14 指段祺瑞。一九二五年五月，北京學生因章士釗禁止紀念「五七」國恥，於九日向北洋政府臨時執政段祺瑞提出罷免章士釗的要求；章即採取以退為進的手段，於十一日向段祺瑞辭職，並在辭呈中向段獻媚說：「釗誠舉措失當。眾怒齊攖。一人之禍福安危。自不足計。萬一鈞座因而減膳。時局為之不寧。……釗有百身。亦何能贖。」

15 一九二五年十一月二十八日，北京群眾為反對關稅會議要求關稅自主舉行遊行示威，提出「驅逐段祺瑞」、「打死朱深、章士釗」等口號，章士釗即潛逃天津。

16 指《甲寅》週刊。章士釗曾於一九一四年五月在日本東京創辦《甲寅》月刊。兩年後出至第十期停刊。一九二五年七月，他又在北京重出《甲寅》，改為週刊。內容雜載公文、通訊等；一九二七年二月停刊，共出四十五期。魯迅稱之為「自己廣告性的半官報」（《華蓋集．答ＫＳ君》）

古書與白話[1]

記得提倡白話那時，受了許多謠諑誣謗，而白話終於沒有跌倒的時候，就有些人改口說：然而不讀古書，白話是做不好的。我們自然應該曲諒這些保古家的苦心，但也不能不憫笑他們這祖傳的成法。凡有讀過一點古書的人都有這一種老手段：新起的思想，就是「異端」[2]，必須殲滅的，待到它奮鬥之後，自己站住了，這才尋出它原來與「聖教同源」；外來的事物，都要「用夷變夏」[3]，必須排除的，但待到這「夷」入主中夏，卻考訂出來了，原來連這「夷」也還是黃帝的子孫。這豈非出人意料之外的事呢？無論什麼，在我們的「古」裡竟無不包函了！

用老手段的自然不會長進，到現在仍是說非「讀破幾百卷書者」即做不出好白話文，於是硬拉吳稚暉[4]先生為例。可是竟又會有「肉麻當有趣」，述說得津津有味的，天下事真是千奇百怪。

其實吳先生的「用講話體為文」，即「其貌」也何嘗與「黃口小兒所作若同」。不是「縱筆所之，輒萬數千言」[5]麼？其中自然有古典，為「黃口小兒」所不知，尤有新典，為「束髮小生」所不曉。清光緒末，我初到日本東京時，這位吳稚暉先生已在和公使蔡鈞大戰了[6]，其戰史就有這麼長，則見聞之多，自然非現在的「黃口小兒」所能企及。

所以他的遺辭用典，有許多地方是惟獨熟於大小故事的人物才能夠了然，從青年看來，第一是驚異於那文辭的滂沛。這或者就是名流學者們所認為長處的罷，但是，那生命卻不在於此。甚至於竟和名流學者們所拉攏恭維的相反，而在自己並不故意顯出長處，也無法滅去名流學者們的所謂長處；只將所說所寫，作為改革道中的橋樑，或者竟並不想到作為改革道中的橋樑。

愈是無聊賴，沒出息的腳色，愈想長壽，想不朽，愈喜歡多照自己的照相，愈要占據別人的心，愈善於擺臭架子。但是，似乎「下意識」[7]裡，究竟也覺得自己之無聊的罷，便只好將還未朽盡的「古」一口咬住，希圖做著腸子裡的寄生蟲，一同傳世；或者在白話文之類裡找出一點古氣，反過來替古董增加寵榮。如果「不朽之大業」[8]不過這樣，那未免太可憐了罷。而且，到了一九二五年[9]，「黃口小兒」們還要看什麼《甲寅》之流，也未免過於可慘罷，即使它「自從孤桐先生下臺之後，……也漸漸的有了生氣了」[10]。

菲薄古書者，惟讀過古書者最有力，這是的確的。因為他洞知弊病，能「以子之矛攻子之盾」[11]，正如要說明吸鴉片的弊害，大概惟吸過鴉片者最為深知，最為痛切一般。但即使「束髮小生」，也何至於說，要做戒絕鴉片的文章，也得先吸盡幾百兩鴉片才好呢。

古文已經死掉了；白話文還是改革道上的橋樑，因為人類還在進化。便是文章，也未必獨有萬古不磨的典則。雖然據說美國的某處已經禁講進化論了[12]，但在實際上，恐怕也終於沒有效的。

一月二十五日

【注釋】

1 本篇最初發表於一九二六年二月二日《國民新報副刊》。

2 語見《論語．為政》：「子曰：攻乎異端，斯害也已。」

3 語出《孟子．滕文公》：「吾聞用夏變夷者，未聞變於夷者也。」這裡指用外來文化同化中國的意思。夷，古人對少數民族或外國的蔑稱；夏，即華夏，中國或中華民族的古稱。

4 吳稚暉（一八六五－一九五三），名敬恒，江蘇武進人，國民黨政客。他原是清末舉人，曾先後留學日本、英國。一九〇五年參加同盟會，自稱無政府主義者，是資產階級民主革命中的右翼。

5 這裡的引文都見於章士釗在《甲寅》週刊第一卷第二十七號（一九二六年一月十六日）發表的《再答稚暉先生》，其中說：「先生近用講話體為文，縱筆所之，輒萬數千言。其貌與黃口小兒所作若同，而其神則非讀破幾百卷書者，不能道得隻字。」陳西瀅在《現代評論》第三卷第五十九期（一九二六年一月二十三日）的《閒話》裡，特別將這一段引出，說「很有趣」，並說吳稚暉三十歲前在南菁書院把那裡的書「都看了一遍」。而「近十年隨便涉覽和參考的漢文書籍至少總可以抵得三四個區區的畢生所讀的線裝書。」以此來為章士釗的文章作證。這裡所說「竟又會有『肉麻當有趣』，述說得津津有味的」，即指陳西瀅而言。

6 一九〇二年（清光緒二十八年）夏，我國留日自費學生九人，志願入成城學校（相當於士官預備學校）肄業；由於清政府對陸軍學生顧忌很大，所以駐日公使蔡鈞堅決拒絕保送。當時有留日學生二十餘人（吳稚暉在內）前往公使館代為交涉，蔡鈞始終不允，雙方因而發生爭吵。

7 章士釗在《再答稚暉先生》中曾說：「近茀羅乙德言心解者流。極重 Subconsciousness 之用。謂吾人真正意態。每於無意識中發焉。而凡所發。則又在意識用事時正言否之。此人生一奇也。」心解，即佛洛德的精神分析學說。Subconsciousness，英語：下意識。

8 語出曹丕《典論．論文》：「蓋文章經國之大業，不朽之盛事。」按吳稚暉在《我們所請願於章先生者》一文中，曾引用曹植《與楊修書》中的「豈徒以翰墨為勳績，辭賦為君子」等輕視文章的話，章士釗在《再答稚暉先生》裡說這是吳稚暉「在意識用事時」對於他自己重視文章的「真正意態」的否認，所以這裡引用了曹丕的這句和曹植意見相反的話。

9 陶孟和曾說，他有一部「要到二〇二五年才可以發表」的著作。參見本書〈雜論管閒事，做學問，灰色等〉注34。

10 陳西瀅在《現代評論》第三卷第五十九期（一九二六年一月二十三日）的《閒話》中為章士釗和他所主辦的《甲寅》週刊吹噓說：「自從孤桐先生下臺之後，《甲寅》雖然還沒有恢復十年前的精神，也漸漸的有了生氣了。可見做時事文章的人官實在是做不得的。」接著他便舉章士釗在《甲寅》週刊發表的那篇《再答稚暉先生》來作為這「有了生氣」的例證。

11 這是《韓非子．難勢》中的一個寓言：「人有鬻矛與盾者，譽其盾之堅，物莫能陷也；俄而又譽其矛，曰：『吾矛之利，物無不陷也。』人應之曰：『以子之矛，陷子之盾，何如』？其人弗能應也。」

12 章士釗在《甲寅》週刊第一卷第十七號（一九二五年十一月七日）發表《再疏解輚義》一文，借評述一九二五年七月美國田芮西州小學教員師科布因講授進化論被控的事，以辯護他自己的種種「開倒車」的言行。按章士釗在《甲寅》週刊第一卷第七號（一九二五年八月二十九日）先已發表過一篇《說輚》，其中說：「輚者還也。車相避也。相避者又非徒相避也。乃乍還以通其道。旋乃復進也。……今諺有所謂開倒車者。時人談及。以謂有背進化之通義。輒大病之。是全不明夫輚義者也。」

一點比喻[1]

在我的故鄉不大通行吃羊肉，闔城裡，每天大約不過殺幾匹山羊。北京真是人海，情形可大不相同了，單是羊肉鋪就觸目皆是。雪白的群羊也常常滿街走，但都是胡羊，在我們那裡稱綿羊的。山羊很少見；聽說這在北京卻頗名貴了，因為比胡羊聰明，能夠率領羊群，悉依它的進止，所以畜牧家雖然偶而養幾匹，卻只用作胡羊們的領導，並不殺掉它。

這樣的山羊我只見過一回，確是走在一群胡羊的前面，脖子上還掛著一個小鈴鐸，作為智識階級的徽章。通常，領的趕的卻多是牧人，胡羊們便成了一長串，挨挨擠擠，浩浩蕩蕩，凝著柔順有餘的眼色，跟定他匆匆地競奔它們的前程。我看見這種認真的忙迫的情形時，心裡總想開口向它們發一句愚不可及的疑問——

「往那裡去?!」

人群中也很有這樣的山羊，能領了群眾穩妥平靜地走去，直到他們應該走到的所在。袁世凱[2]明白一點這種事，可惜用得不大巧，大概因為他是不很讀書的，所以也就難於熟悉運用那些的奧妙。後來的武人可更蠢了，只會自己亂打亂割，亂得哀號之聲，洋洋盈耳，結果是除了殘虐百姓之外，還加上輕視學問，荒廢教育的惡名。然而「經一事，長一智」，二十世紀已過了四分之一，脖子上掛著小鈴鐸的聰明人是總要交到紅運的，雖然現在表面上還不免有些小挫折。

那時候，人們，尤其是青年，就都循規蹈矩，既不囂張，也不浮動，一心向著「正路」前進了，只要沒有人問——

「往那裡去?」

君子若曰：「羊總是羊，不成了一長串順從地走，還有什麼別的法子呢？君不見夫豬乎？拖延著，逃著，喊著，奔突著，終於也還是被捉到非去不可的地方去，那些暴動，不過是空費力氣而已矣。」

這是說：雖死也應該如羊，使天下太平，彼此省力。

這計畫當然是很妥帖，大可佩服的。然而，君不見夫野豬乎？牠以兩個牙，使老獵人也不免於退避。這牙，只要豬脫出了牧豕奴所造的豬圈，走入山野，不久就會長出來。

Schopenhauer[3]先生曾將紳士們比作豪豬，我想，這實在有些失體統。但在他，自然是並沒有什麼別的惡意的，不過拉扯來作一個比喻。《Parerga und Paralipomena》裡有著這樣意思的話：有一群豪豬，在冬天想用了大家的體溫來禦寒冷，緊靠起來了，但它們彼此即刻又覺得刺的疼痛，於是乎又離開。然而溫暖的必要，再使它們靠近時，卻又吃了照樣的苦。但它們在這兩種困難中，終於發見了彼此之間的適宜的間隔，以這距離，它們能夠過得最平安。人們因為社交的要求，聚在一處，又因為各有可厭的許多性質和難堪的缺陷，再使他們分離。他們最後所發見的距離，——使他們得以聚在一處的中庸的距離，就是「禮讓」和「上流的風習」。

有不守這距離的，在英國就這樣叫，「Keep your disatance！」[4]但即使這樣叫，恐怕也只能在豪豬和豪豬之間才有效力罷，因為它們彼此的守著距離，原因是在於痛而不在於叫的。

假使豪豬們中夾著一個別的，並沒有刺，則無論怎麼叫，它們總還是擠過來。孔子說：禮不下庶人[5]。照現在的情形看，該是並非庶人不得接近豪豬，卻是豪豬可以任意刺著庶人而取得溫暖。受傷是當然要受傷的，但這也只能怪你自己獨獨沒有刺，不足以讓他守定適當的距離。孔子又說：刑不上大夫。這就又難怪人們的要做紳士。

這些豪豬們，自然也可以用牙角或棍棒來抵禦的，但至少必須拚出背一條豪豬社會所制定的罪名：「下流」或「無禮」。

一月二十五日

【注釋】

1 本篇最初發表於一九二六年二月二十五日《莽原》半月刊第四期。

2 袁世凱（一八五九—一九一六），字慰亭，河南項城人，原是清朝直隸總督兼北洋大臣、內閣總理大臣。民國成立後，竊取了中華民國臨時大總統、大總統職位，一九一六年一月復辟帝制，自稱「洪憲」皇帝。同年六月在全國人民的憤怒聲討中死去。袁在復辟的陰謀活動中，曾指使楊度等所謂「六君子」組織籌安會，赤裸裸地鼓吹帝制，遭到人民強烈反對。所以這裡說袁世凱

「用得不大巧」。

3 叔本華。下文的《Parerga und Paralipomena》（《副業和補遺》），叔本華一八五一年出版的一本雜文集。

4 英語：「保持你的距離！」即不要太親近的意思。

5 「禮不下庶人」和下文的「刑不上大夫」二句，見《禮記．曲禮》。

不是信[1]

一個朋友忽然寄給我一張《晨報副刊》，我就覺得有些特別，因為他是知道我懶得看這種東西的。但既然特別寄來了，姑且看題目罷：《關於下面一束通信告讀者們》。署名是：志摩。哈哈，這是寄來和我開玩笑的，我想；趕緊翻轉，便是幾封信，這寄那，那寄這，看了幾行，才知道似乎還是什麼「閒話……閒話」問題[2]。

這問題我僅知道一點兒，就是曾在新潮社[3]看見陳源教授即西瀅先生的信[4]，說及我「捏造的事實，傳布的『流言』，本來已經說不勝說」。不禁好笑；人就苦於不能將自己的靈魂砍成醬，因此能有記憶，也因此而有感慨或滑稽。記得首先根據了「流言」，來判決楊蔭榆事件即女師大風潮的，正是這位西瀅先生，那大文便登在去年五月三十日發行的《現代評論》上。我不該生長「某籍」又在「某系」教書，所以也被歸入「暗中挑剔風潮」[5]者之列，雖然他說還不相信，不過覺得可惜。在這裡聲明一句罷，以免讀者的誤解：「某系」云者，大約是指國文系，不是說研究系[6]。

那時我見了「流言」字樣，曾經很憤然，立刻加以駁正，雖然也很自愧沒有「十年讀書十年養氣的工夫」[7]。不料過了半年，這些「流言」卻變成由我傳布的了，自造自己的「流言」，這真是自己掘坑埋自己，不必說聰明人，便是傻子也想不通。倘說這回的所謂「流言」，並非關於「某籍某系」的，乃是關於不信「流言」的陳源教授的了，則我實在不知道陳教授有怎樣的被捏造的事實和流言在社會上傳布。

說起來慚愧煞人，我不赴宴會，很少往來，也不奔走，也不結什麼文藝學術的社團，實在最不合適於做捏造事實和傳布流言的樞紐。只是弄弄筆墨是在所不免的，但也不肯以流言為根據，故意給它傳布開來，雖然偶有些「耳食之言」[8]，又大抵是無關大體的事；要是錯了，即使月久年深，也決不惜追加訂正，例如對於汪原放先生「已作古人」一案[9]，其間竟隔了幾乎有兩年。——但這自然是只對於看過《熱風》的讀者說的。

這幾天，我的「捏……言」罪案，彷佛只等於曇花一現了，《一束通信》的主要部分中，似乎也承情沒有將我「流」進去，不過在後屁股的《西瀅致志摩》是附帶的對我的專論，雖然並非一案，卻因為親屬關係而滅族，或文字獄的株連一般。滅族呀，株連呀，又有點「刑名師爺」[10]口吻了，其實這是事實，法家不過給他起了一個名，所謂「正人君子」是不肯說的，雖然不妨這樣做。此外如甲對乙先用流言，後來卻說乙製造流言這一類事，「刑名師爺」的筆下就簡括到只有兩個字：「反噬」。嗚呼，這實在形容得痛快淋漓。然而古語說，「察見淵魚者不祥」[11]，所以「刑名師爺」總沒有好結果，這是我早經知道的。

我猜想那位寄給我《晨報副刊》的朋友的意思了：來刺激我，譏諷我，通知我的，還是要我也說幾句話呢？終於不得而知。好，好在現在正須還筆債，就用這一點事來搪塞一通罷，說話最方便的題目是《魯迅致□□》，既非根據學理和事實[12]的論文，也不是「笑吟吟」的天才的諷刺[13]，不過是私人通信而已，自己何嘗願意發表；無論怎麼說，糞坑也好，毛廁[14]也好，決定與「人氣」[15]無關。即不然，也是因為生氣發熱[16]，被別人逼成的，正如別的副刊將被《晨報副刊》「逼死」[17]一樣。

我的鏡子真可恨，照出來的總是要使陳源教授嘔吐的東西，但若以趙子昂[18]——「是不是他？」——畫馬為例，自然恐怕正是我自己。自己是沒有什麼要緊的，不過總得替□□想一想。現在不是要談到《西瀅致志摩》麼，那可是極其危險的事，一不小心就要跌入「泥潭中」，遇到「悻悻的狗」[19]，暫時再也看不見「笑吟吟」。至少，一關涉陳源兩個字，你總不免要被公理家認為「某籍」，「某系」，「某黨」，「嘍囉」，「重女輕男」[20]……等；而且還得小心記住，倘有人說過他是文士，是法蘭斯，你便萬不可再用「文士」或「法蘭斯」[21]字樣，否則，——自然，當然又有「某籍」……等等的嫌疑了，我何必如此陷害無辜，《魯迅致□□》決計不用，所以一直寫到這裡，還沒有題目，且待寫下去看罷。

我先前不是剛說我沒有「捏造事實」麼？那封信裡舉的卻有。說是我說他「同楊蔭榆女士有親戚朋友的關係，並且吃了她許多的酒飯」了，其實都不對。楊蔭榆女士的善於請酒，我說過的，或者別人也說過，並且偶見於新聞上。現在的有些公論家，自以為中立，其實卻偏，或者和事主倒有親戚，朋友，同學，同鄉，……等等關係，甚至於叨光了酒飯，我也說過的。這不是明明白白的麼，報社收津貼，連同業中也互訐過，但大家仍都自稱為公論。至於陳教授和楊女士是親戚而且吃了酒飯，那是陳教授自己連結起來的，我沒有說曾經吃酒飯，也不能保證未曾吃酒飯，沒有說他們是親戚，也不能保證他們不是親戚，大概不過是同鄉罷，但只要不是「某籍」，同鄉有什麼要緊呢。紹興有「刑名師爺」，紹興人便都是「刑名師爺」的例，是只適用於紹興的人們的。

我有時泛論一般現狀，而無意中觸著了別人的傷疤，實在是非常抱歉的事。但這也是沒法補救，除非我真去讀書養氣，一共廿年，被人們騙得老死牖下；或者自己甘心倒掉；或者遭了陰謀。即如上文雖然說明了他們是親戚並不是我說的話，但因為列舉的名詞太多了，「同鄉」兩字，也足以招人「生氣」，只要看自己憤然於「流言」中的「某籍」兩字，就可想而知。

照此看來，這一回的說「叭兒狗」[22]（《莽原半月刊》第一期），怕又有人猜想我是指著他自己，在那裡「悻悻」了。其實我不過是泛論，說社會上有神似這個東西的人，因此多說些它的主人：闊人，太監，太太，小姐。本以為這足見我是泛論了，名人們現在那裡還有肯跟太監的呢，但是有些人怕仍要忽略了這一層，各各認定了其中的主人之一，而以「叭兒狗」自命。時勢實在艱難，我似乎只有專講上帝，才可以免於危險，而這事又非我所長。但是，倘使所有的只是暴戾之氣，還是讓它儘量發出來罷，「一群悻悻的狗」，在後面也好，在對面也好。我也知道將什麼之氣都放在心裡，臉上筆下卻全都「笑吟吟」，是極其好看的；可是掘不得，小小的挖一個洞，便什麼之氣都出來了。但其實這倒是真面目。

第二種罪案是「近一些的一個例」，陳教授曾「泛論圖書館的重要」，「說孤桐先生在他未下臺以前發表的兩篇文章裡，這一層『他似乎沒看到』。」我卻輕輕地改為「聽說孤桐先生倒是想到了這一節，曾經發表過文章，然而下臺了，很可惜」了。而且還問道：「你看見嗎，那刀筆吏[23]的筆尖？」「刀筆吏」是不會有漏洞的，我卻與陳教授的原文不合，所以成了罪案，或者也就不成其為「刀筆吏」了罷。

《現代評論》早已不見，全文無從查考，現在就據這一回的話，敬謹改正，為「據說孤桐先生在未下臺以前發表的文章裡竟也沒想到；現在又下了台，目前無法補救了，很可惜」罷。這裡附帶地聲明，我的文字中，大概是用別人的原文用引號，舉大意用「據說」，述聽來的類似「流言」的用「聽說」，和《晨報》大將文例不相同。

第三種罪案是關於我說「北大教授兼京師圖書館副館長月薪至少五六百元的李四光」的事，據說已告了一年的假，假期內不支薪，副館長的月薪又不過二百五十元。別一張《晨副》上又有本人的聲明，話也差不多，不過說月薪確有五百元，只是他「只拿二百五十元」，其餘的「捐予圖書館購買某種書籍」了。此外還給我許多忠告，這使我非常感謝，但願意奉還「文士」的稱號[24]，我是不屬於這一類的。只是我以為告假和辭職不同，無論支薪與否，教授也仍然是教授，這是不待「刀筆吏」才能知道的。

至於圖書館的月薪，我確信李教授（或副館長）現在每月「只拿二百五十元」的現錢，是美國那面的；中國這面的一半，真說不定要拖欠到什麼時候才有。但欠帳究竟也是錢，別人的兼差，大抵多是欠帳，連一半現錢也沒有，可是早成了有些論客的口實了，雖然其缺點是在不肯及早捐出去。我想，如果此後每月必發，而以學校欠薪作比例，中國的一半是明年的正月間會有的，倘以教育部欠俸作比例，則須十七年正月間才有，那時購買書籍來，我一定就更正，只要我還在做「官僚」，因為這容易得知，我也自信還有這樣的記性，不至於今年忘了去年事。但是，倘若又被章士釗們革掉，那就莫明其妙，更正的事也只好作罷了。可是我所說的職銜和錢數，在今日卻是事實。

第四種的罪案是……。陳源教授說，「好了，不舉例了。」為什麼呢？大約是因為「本來已經說不勝說」，或者是在矯正「打筆墨官司的時候，誰寫得多，罵得下流，捏造得新奇就是誰的理由大」的惡習之故罷，所以就用三個例來概其全般，正如中國戲上用四個兵卒來象徵十萬大軍一樣。此後，就可以結束，漫罵——「正人君子」一定另有名稱，但我不知道，只好暫用這加於「下流」人等的行為上的話——了。原文很可以做「正人君子」的真相的標本，刪之可惜，扯下來黏在後面罷——

「有人同我說，魯迅先生缺乏的是一面大鏡子，所以永遠見不到他的尊容。我說他說錯了。魯迅先生的所以這樣，正因為他有了一面大鏡子。你聽見過趙子昂——是不是他？——畫馬的故事罷？他要畫一個姿勢，就對鏡伏地做出那個姿勢來。魯迅先生的文章也是對了他的大鏡子寫的，沒有一句罵人的話不能應用在他自己的身上。要是你不信，我可以同你打一個賭。」

這一段意思很了然，猶言我寫馬則自己就是馬，寫狗自己就是狗，說別人的缺點就是自己的缺點，寫法蘭斯自己就是法蘭斯，說「臭毛廁」自己就是臭毛廁，說別人和楊蔭榆女士同鄉，就是自己和她同鄉。趙子昂也實在可笑，要畫馬，看看真馬就夠了，何必定作畜生的姿勢；他終於還是人，並不淪入馬類，總算是僥倖的。不過趙子昂也是「某籍」，所以這也許還是一種「流言」，或自造，或那時的「正人君子」所造都說不定。

這只能看作一種無稽之談。倘若陳源教授似的信以為真，自己也照樣做，則寫法蘭斯的時候坐下做一個法姿勢，講「孤桐先生」的時候立起作一個孤姿勢，倒還堂哉皇哉；可是講「糞車[25]」也就得伏地變成糞車，說「毛廁」即須翻身充當便所，未免連臭架子也有些失掉罷，雖然肚子裡本來滿是這樣的貨色。

「不是有一次一個報館訪員稱我們為『文士』嗎？魯迅先生為了那名字幾乎笑掉了牙。可是後來某報天天鼓吹他是『思想界的權威者』他倒又不笑了。

「他沒有一篇文章裡不放幾枝冷箭，但是他自己常常的說人『放冷箭』，並且說『放冷箭』是卑劣的行為。

「他常常『散布流言』和『捏造事實』，如上面舉出來的幾個例，但是他自己又常常的罵人『散布流言』『捏造事實』，並且承認那樣是『下流』。

「他常常的無故罵人，要是那人生氣，他就說人家沒有『幽默』。可是要是有人侵犯了他一言半語，他就跳到半天空，罵得你體無完膚——還不肯甘休。」

這是根據了三條例和一個趙子昂故事的結論。其實是稱別個為「文士」我也笑，稱我為「思想界的權威者」[26]我也笑，但牙卻並非「笑掉」，據說是「打掉」的，這較可以使他們快意些。至於「思想界的權威者」等等，我連夜夢裡也沒有想做過，無奈我和「鼓吹」的人不相識，無從勸止他，不像唱雙簧的朋友，可以彼此心照；況且自然會有「文士」來罵倒，更無須自己費力。

我也不想借這些頭銜去發財發福，有了它於實利上是並無什麼好處的。我也曾反對過將自己的小說採入教科書，怕的是教錯了青年，記得曾在報上發表[27]；不過這本不是對上流人說的，他們當然不知道。冷箭呢，先是不肯的，後來也放過幾枝，但總是對於先「放冷箭」用「流言」的如陳源教授之輩，「請君入甕」[28]，也給他嘗嘗這滋味。不過雖然對於他們，也還是明說的時候多，例如《語絲》上的《音樂》[29]就說明是指徐志摩先生，《我的籍和系》和《並非閒話》也分明對西瀅即陳源教授而發；此後也還要射，並無悔禍之心。至於署名，則去年以來只用一個，就是陳教授之所謂「魯迅，即教育部僉事周樹人」[30]就是。

但在下半年，應將「教育部僉事」五字刪去，因為被「孤桐先生」所革；今年卻又變了「暫署僉事[31]」了，還未去做，然而預備去做的，目的是在弄幾文俸錢，因為我祖宗沒有遺產，老婆沒有奩田，文章又不值錢，只好以此暫且糊口。

還有一個小目的，是在對於以我去年的免官為「痛快」者，給他一個不舒服，使他恨得扒耳搔腮，忍不住露出本相。至於「流言」，則先已說過，正是陳源教授首先發明的專賣品，獨有他聽到過許多；在我呢，心術是看不見的東西，且勿說，我的躲在家裡的生活即不利於作「捏……言」的樞紐。剩下的只有「幽默」問題了，我又沒有說過這些話，也沒有主張過「幽默」，也許將這兩字連寫，今天還算第一回。

我對人是「罵人」，人對我是「侵犯了一言半語」，這真使我記起我的同鄉「刑名師爺」來，而且還是弄著不正經的「出重出輕」的玩意兒的時候。這樣看來，一面鏡子確是該有的，無論生在那一縣。還有罪狀哩——

「他常常挖苦別人家抄襲。有一個學生抄了沫若的幾句詩，他老先生罵得刻骨鏤心的痛快，可是他自己的《中國小說史略》，卻就是根據日本人鹽谷溫的《支那文學概論講話》裡面的『小說』一部分。其實拿人家的著述做你自己的藍本，本可以原諒，只要你在書中有那樣的聲明，可是魯迅先生就沒有那樣的聲明。在我們看來，你自己做了不正當的事也就罷了，何苦再去挖苦一個可憐的學生，可是他還儘量的把人家刻薄。『竊鉤者誅，竊國者侯』，本是自古已有的道理。」

這「流言」早聽到過了，後來見於《閒話》，說是「整大本的剽竊」，但不直指我，而同時有些人的口頭上，卻相傳是指我的《中國小說史略》。[32]我相信陳源教授是一定會幹這樣勾當的。但他既不指名，我也就只回敬他一通罵街，這可實在不止「侵犯了他一言半語」。這回說出來了；我的「以小人之心」也沒有猜錯了「君子之腹」。但那罪名卻改為「做你自己的藍本」了，比先前輕得多，彷彿比自謙為「一言半語」的「冷箭」鈍了一點似的。

鹽谷氏[33]的書，確是我的參考書之一，我的《小說史略》二十八篇的第二篇，是根據它的，還有論《紅樓夢》[34]的幾點和一張《賈氏系圖》，也是根據它的，但不過是大意，次序和意見就很不同。其他二十六篇，我都有我獨立的準備，證據是和他的所說還時常相反。例如現有的漢人小說，他以為真，我以為假；唐人小說的分類他據森槐南[35]，我卻用我法。

六朝小說他據《漢魏叢書》[36]，我據別本及自己的輯本，這工夫曾經費去兩年多，稿本有十冊在這裡[37]；唐人小說他據謬誤最多的《唐人說薈》[38]，我是用《太平廣記》[39]的，此外還一本一本搜起來……。其餘分量，取捨，考證的不同，尤難枚舉。自然，大致是不能不同的，例如他說漢後有唐，唐後有宋，我也這樣說，因為都以中國史實為「藍本」。我無法「捏造得新奇」，雖然塞文狄斯的事實[40]和「四書」合成的時代也不妨創造。

但我的意見，卻以為似乎不可，因為歷史和詩歌小說是兩樣的。詩歌小說雖有人說同是天才即不妨所見略同，所作相像[41]，但我以為究竟也以獨創為貴；歷史則是紀事，固然不當偷成書，但也不必全兩樣。說詩歌小說相類不妨，歷史有幾點近似便是「剽竊」，那是「正人君子」的特別意見，只在以「一言半語」「侵犯」「魯迅先生」時才適用的。好在鹽谷氏的書聽說（！）已有人譯成（？）中文，兩書的異點如何，怎樣「整大本的剽竊」，還是做「藍本」，不久（？）就可以明白了。在這以前，我以為恐怕連陳源教授自己也不知道這些底細，因為不過是聽來的「耳食之言」。不知道對不對？

（鹽谷教授的《支那文學概論講話》的譯本，今年夏天看見了，將五百余頁的原書，譯成了薄薄的一本，那小說一部份，和我的也無從對比了。廣告上卻道「選譯」[42]。措辭實在聰明得很。十月十四日補記。）

但我還要對於「一個學生抄了沫若的幾句詩」這事說幾句話：「罵得刻骨鏤心的痛快」的，似乎並不是我。因為我於詩向不留心，所以也沒有看過「沫若的詩」，因此即更不知道別人的是否抄襲。陳源教授的那些話，說得壞一點，就是

「捏造事實」，故意挑撥別人對我的惡感，真可以說發揮著他的真本領。說得客氣一點呢，他自說寫這信時是在「發熱」，那一定是熱度太高，發了昏，忘記裝腔了，不幸顯出本相；並且因為自己爬著，所以覺得我「跳到半天空」，自己抓破了皮膚或者一向就破著，卻以為被我「罵」破了。——但是，我在有意或無意中碰破了一角紙糊紳士服，那也許倒是有的；此後也保不定。彼此迎面而來，總不免要擠擦，碰磕，也並非「還不肯甘休」。

紳士的跳踉醜態，實在特別好看，因為歷來隱藏蘊蓄著，所以一來就比下等人更濃厚。因這一回的放泄，我才悟到陳源教授大概是以為揭發叔華女士的剽竊小說圖畫的文章，也是我做的[43]，所以早就將「大盜」兩字掛在「冷箭」上，射向「思想界的權威者」。殊不知這也不是我做的，我並不看這些小說。「琵亞詞侶」的畫，我是愛看的，但是沒有書，直到那「剽竊」問題發生後，才刺激我去買了一本 Art of A.Beardsley 來，花錢一元七。可憐教授的心目中所看見的並不是我的影，叫跳竟都白費了。遇見的「糞車」，也是境由心造的，正是自己腦子裡的貨色，要吐的唾沫，還是靜靜的咽下去罷。

太費紙張了，雖然我不至於嬌貴到會發熱，但也得趕緊的收梢。然而還得黏上一段大罪狀——

「據他自己的自傳，他從民國元年便做了教育部的官，從沒脫離過。所以袁世凱稱帝，他在教育部，曹錕賄選[44]，他在教育部，『代表無恥的彭允彝[45]做總長，他也在教育部，甚而至於『代表無恥的章士釗』免了他的職後，他還大嚷『僉事這一個官兒倒也並不算怎樣的「區區」』，怎樣有人在那裡鑽謀補他的缺，怎樣以為無足輕重的人是『慷他人之慨』，如是如是，這樣這樣……這像『青年叛徒的領袖』嗎？「其實一個人做官也不大要緊，做了官再裝出這樣的面孔來可叫人有些噁心吧了。

「現在又有人送他『土匪』的名號了。好一個『土匪』。」

苦心孤詣給我加了上去的「土匪」的惡名，這一回忽又否認了，可見唾沫還是靜靜的咽下去好，免得後來自己舐回去。但是，「文士」別有慧心，那裡會給我便宜呢，自然即代以自「袁世凱稱帝」以來的罪惡，彷彿「稱帝」「賄選」那類事，我既在教育部，即等於全由我一手包辦似的。這是真的，從那時以來，我確沒有帶兵獨立過，但我也沒有冷笑雲南起義[46]，也沒有希望國民軍[47]失敗；對於教育部，其實是脫離過兩回，一是張勳復辟[48]時，一就是章士釗長部時，前一回以教授的一點才力自然不知道，後一回卻忘卻得有些離奇。我向來就「裝出這樣的面孔」，不但毫不顧忌陳源教授可「有些噁心」，對於「孤桐先生」也一樣。要在我的面孔上尋出些有趣來，本來是沒頭腦的妄想，還是去看別的面孔罷。

這類誤解似乎不止陳源教授，有些人也往往如此，以為教員清高，官僚是卑下的。真所謂「得意忘形」，「官僚官僚」的罵著。可悲的就在此，現在的罵官僚的人裡面，到外國去炸大[49]過一回而且做教員的就很多：所謂「鑽謀補他的缺」的也就是這一流，那時我說「僉事這一個官兒倒也並不算怎樣的『區區』」，就為此人的乘機想做官而發，刺他一針，聊且快意，不提防竟又被陳教授「刻骨鏤心」的記住了，也許又疑心我向他在「放冷箭」了罷。

我並非因為自己是官僚，定要上儕於清高的教授之列，官僚的高下也因人而異，如所謂「孤桐先生」，做官時辦《甲寅》，佩服的人就很多，下臺之後，聽說更有生氣了。而我「下臺」時所做的文章，豈不是不但並不更有生氣，還招了陳源教授的一頓「教訓」[50]，而且罪孽深重，延禍「面孔」了麼？

這是以文才和面孔言；至於從別一方面看，則官僚與教授就有「一丘之貉」之嘆，這就是說：錢的來源。國家行政機關的事務官所得的所謂俸錢，國立學校的教授所得的所謂薪水，還不是同一來源，出於國庫的麼？在曹錕政府下做國立學校的教員，和做官的沒有大區別。難道教員的是捐給了學校，所以特別清高了？

袁世凱稱帝時代，陳源教授或者還在外國的研究室裡，是到了曹錕賄選前後才做教授的，比我到北京遲得多，福氣也比我好得多。曹錕賄選，他做教授，「代表無恥的彭允彝做總長」，他做教授，「甚而至於『代表無恥的章士釗』做總長」，他自然做教授，我可是被革掉了，甚而至於待到那「甚而至於『代表無恥的章士釗』」不做總長了，他自然還做教授，歸國以來，一帆風順，一個小釘子也沒有碰。這當然是因為有適宜的面孔，不「叫人有些噁心」之故嘍。看他臉上既無我一樣的可厭的「八字鬍子」，也可以說沒有「官僚的神情」，所以對於他的面孔，卻連我也並沒有什麼大「噁心」，而且彷彿還覺得有趣。這一類的面孔，只要再白胖一點，也許在中國就不可多得了。

不免招我說幾句費話的不過是他對鏡裝成的姿勢和「爆發」出來的蘊蓄，但又即刻掩了起來，關上大門，據說「大約不再打這樣的筆墨官司」了。前面的香車既經杳然，我且不做叫門的事，因為這些時候所遇到的大概不過幾個家丁；而且已是往「國立北京女子師範大學復校紀念會」的時候了，就這樣的算收束。

二月一日

【注釋】

1 本篇最初發表於一九二六年二月八日《語絲》週刊第六十五期。

2 一九二五年女師大風潮中，章士釗在《停辦北京女子師範大學呈文》裡誣衊女學生「不受檢制。竟體忘形。嘯聚男生。蔑視長上。」這期間陳西瀅也曾在口頭上侮辱女學生。而徐志摩在一九二六年一月十三日《晨報副刊》發表的《「閒話」引出來的閒話》一文，卻恭維陳說：「西瀅是分明私淑法朗士的，也不只寫文章一件事——除了他對女性的態度，那是太忠貞了。」這就引起豈明（周作人）在同月二十日《晨報副刊》發表《閒話的閒話之閒話》一文，針對徐志摩說陳西瀅「忠貞」於女性一點，揭發了陳侮辱女學生的話：「我知道在北京有兩位新文化新文學的名人名教授，因為憤女師前途之棘，先章士釗，後楊蔭榆而揚言於眾曰：『現在的女學生都可以叫局。』」於是在一月三十日《晨報副刊》上就發表有徐志摩的《關於下面一束通信告讀者們》和陳西瀅《閒話的閒話之閒話引出來的幾封信》，共同對魯迅進行攻擊和誹謗。在陳西瀅的這《幾封信》中有兩封《致豈明》的信，其中他自己承認「疑心先生罵的有我在裡面」，一面又加以辯解，並且一再說「先生兄弟兩位」或「令兄魯迅先生」，把魯迅也拉在一起。此外，在他的這《幾封信》中還有一封題為《致志摩》的長信，內容全是對魯迅的造謠和誣嶬，因此魯迅寫了這篇文章。

3 北京大學部分學生和教員組織的一個具有進步傾向的社團。一九一八年底成立。主要成員有傅斯年、羅家倫、楊振聲、周作人等，曾出版《新潮》月刊（一九一九年一月創刊，一九二二年三月出至三卷二期停刊）、《新潮叢書》和《新潮社文藝叢書》。後來，由於主要成員的變化，逐漸右傾，無形解體。

4 指陳西瀅給豈明的兩封信中的第一信。

5 陳西瀅攻擊魯迅等人的一句不通的話。他在《現代評論》第一卷第二十五期（一九二五年五月三十日）的《閒話》中說：「我們在報紙上看見女師大七教員的宣言。以前我們常常聽說女師大的風潮，有在北京教育界占最大勢力的某籍某系的人在暗中鼓動，可是我們總不敢相信。……我們自然還是不信我們平素所很尊敬的人會暗中挑剔風潮，但是這篇宣言一出，免不了流言更加傳布的厲害了。」某籍，指浙江；某系，指北京大學國文系。

6 一九一六年袁世凱死後，在黎元洪任總統，段祺瑞任國務總理時期，原進步黨首領梁啟超、湯化龍等，組織「憲法研究會」，依附段祺瑞，進行政治投機活動，這個政客集團被稱為「研究系」。

7 這是李四光給《晨報副刊》編者徐志摩的信中所說的話。詳見本篇注24。

8 即傳聞的話。語出《史記．六國年表序》。

9 魯迅在一九二四年一月二十八日《晨報副刊》上發表《望勿「糾正」》一文。其中說古書的標點者「汪原放君已經成了古人了」。後知汪還健在，一九二五年九月二十四日在將該文編入《熱風》時，特於篇末作了訂正。

10 清代官署中承辦刑事判牘的幕僚，叫「刑名師爺」。一般善於舞文弄法，往往能左右人的禍福。當時紹興籍的幕僚較多，因有「紹興師爺」之稱。陳西瀅曾在《致志摩》中攻擊魯迅「是做了十幾年官的刑名師爺」。

11 語見《列子．說符》：「周諺有言：察見淵魚者不祥；智料隱匿者有殃。」「察見淵魚」，比喻窺見別人心中的「隱匿」；「不祥」，是指容易招來猜忌和禍患。

12 這是陳西瀅為紀念《現代評論》創刊一周年所作的《閒話》中自我吹噓的話。見該刊第三卷第五十三期（一九二五年十二月十二日）：「本刊的第二種貢獻，是所有的批評都本於學理和事實，絕不肆口謾罵。」

13 這是對徐志摩吹捧陳西瀅的話所作的概括。參看本書《有趣的消息》及其注18。

14 陳西瀅在《現代評論》第一卷第二十五期的《閒話》裡，誣衊女師大「好像一個臭毛廁，人人都有掃除的義務。」

15 豈明在《閒話的閒話之閒話》裡，曾針對陳西瀅侮辱女學生的話說：「許多所謂紳士壓根兒就沒有一點人氣，還虧他們忝然自居於正人之列。」陳西瀅隨即在《致豈明》中加以辯解，其中有「如果先生還有半分『人氣』」這樣的話。

16 陳西瀅在《致志摩》的末尾說：「昨晚因為寫另一篇文章，睡遲了，今天似乎有些發熱。今天寫了這封信，已經疲乏了。」

17 一九二五年十月一日，徐志摩接編《晨報副刊》。當天他就發表了一篇《我為什麼來辦我想怎麼辦》，文內說到陳西瀅本來是最厭惡副刊的，但「為要處死副刊」，反而贊成徐志摩來編《晨報副刊》，以便「第一步逼死別家的副刊，第二步掐死自己的副刊，從此人類可永免副刊的災殃」。

18 趙子昂（一二五四－一三二二）：即趙孟頫，湖州（今浙江吳興）人。元代書畫家，以畫馬著稱。關於他畫馬的故事，清代吳升《大觀錄》卷十六王穉登題「趙孟頫《浴馬圖卷》」中有這樣的記載：「（趙孟頫）嘗據床學馬滾塵狀，管夫人自牖中窺之，政見一匹滾塵馬。」

19 陳西瀅在《致志摩》中謾罵魯迅說：「說起畫像，忽然想起了本月二十三日《京報副刊》裡林玉堂先生畫的《魯迅先生打叭兒狗圖》。……你看他面上八字鬍子，頭上皮帽，身上厚厚的一件大氅，很可以表出一個官僚的神情來。不過林先生的打叭兒狗的想像好像差一點。我以為最好的想像是魯迅先生張著嘴立在泥潭中，後面立著一群悻悻的狗。」

20 陳西瀅在《現代評論》第二卷第三十八期（一九二五年八月二十九日）的《閒話》中談到女師大風潮時說：「外國人說，中國人是重男輕女的。我看不見得吧。」

21 法蘭斯（A.France，一八四四—一九二四），通譯法朗士。法國作家。陳西瀅在《現代評論》第三卷第五十七、五十八期（一九二六年一月九日、十六日）連續發表兩篇談法朗士的《閒話》；徐志摩看到第一篇後，便在一月十三日《晨報副刊》發表的《「閒話」引出來的閒話》一文中稱讚陳的文章和法朗士的文章同樣「嫵媚」，又說他學法朗士已經「有根」了。參看本書《無花的薔薇》第七節。

22 指《論「費厄潑賴」應該緩行》一文，收入《墳》一書中。

23 古代書吏在辦理文書時，經常要使用刀和筆兩種工具（用筆寫在竹簡或木札上，有誤則用刀削去），所以秦漢時的書吏被稱為刀筆吏；後來它又轉為一般舞文弄法的訟師的通稱。陳西瀅曾在《致志摩》中攻擊魯迅為「刀筆吏」。

24 李四光在一九二六年二月一日《晨報副刊》發表一封給徐志摩的信，內容是關於京師圖書館副館長月薪一事的聲明。信末說：「我聽說魯迅先生是當代比較有希望的文士……暗中希望有一天他自己查清事實，知道天下人不盡像魯迅先生的鏡子裡照出來的模樣。到那個時候，也許這個小小的動機，可以促魯迅先生作十年讀書、十年養氣的工夫。也許中國因此可以產生一個真正的文士。」

25 陳西瀅在《致志摩》中說，他發表這幾封信，「總算是半年來朝晚被人攻擊的一點回響，也可以證明我的容忍還沒有到『家』。……現在忍不住的爆發了。譬如在一條又長又狹的胡同裡，你的車跟著一輛糞車在慢慢的走，你雖然掩住了口鼻，還少不得心中要作嘔，一到空曠的地方，你少不得唾兩口口涎，呼兩口氣。我現在的情景正是那樣。」

26 一九二五年八月初，北京《民報》在《京報》《晨報》刊登廣告，宣傳該報的「十二大特色」，其中之一為「增加副刊」，其中有「本報自八月五日起增加副刊一張，專登學術思想及文藝等，並特約中國思想界之權威者魯迅……諸先生隨時為副刊撰著」等語。

27 秋士（孫伏園）在一九二四年一月十二日《晨報副刊》發表的《關於魯迅先生》一文中說：「魯迅先生所以對於《吶喊》再版遲遲不准許的原因，最重要的一個是他聽說有幾個中學堂的教師，竟在那兒用《吶喊》做課本，甚至給高小學生讀的，這是他所極不願意的，最不願意的是竟有人給小孩讀《狂人日記》。……他說，他一聽到《吶喊》在那兒給中小學生讀以後，見了《吶喊》便討厭，非但沒有再版的必要，簡直有讓它絕版的必要，也沒有再做這類小說的必要。」

28 唐代酷吏周興的故事。《資治通鑑》唐則天后天授二年載：「或告文昌右丞周興與丘神勣通謀，太后命來俊臣鞫之。俊臣與興方推事對食，謂興曰：「囚多不承，當為何法？」興曰：「此甚易耳！取大甕，以炭四周炙之，令囚入中，何事不承！」俊臣乃索大甕，火圍如興法，因起謂興曰：「有內狀推兄，請兄入此甕！」興惶恐叩頭服罪。

29 即《「音樂」？》，原載《語絲》第五期（一九二四年十二月十五日），後收入《集外集》；係針對《語絲》第三期（一九二四年十二月一日）徐志摩在他翻譯的波特萊耳《死屍》一詩前所發的議論而作。

30 陳西瀅在《致志摩》中說：「前面幾封信裡說起了幾次周豈明先生的令兄：魯迅，即教育部僉事周樹人先生的名字。」

31 一九二六年一月十七日，教育部令魯迅復僉事職。因為由教育部呈請北洋政府核准的命令在當時還未發表，所以是「暫署僉事」。

32 陳西瀅在《現代評論》第二卷第五十期（一九二五年十一月二十一日）的《閒話》裡，說當時著述界盛行「剽竊」或「抄襲」，含沙射影地誣衊作者說：「很不幸的，我們中國的批評家有時實在太宏博了。他們俯伏了身軀，張大了眼睛，在地面上尋找竊賊，以致整大本的剽竊，他們倒往往視而不見。要舉個例麼？還是不說吧，我實在不敢再開罪『思想界的權威』。」在《致志摩》裡，他便明白地說作者的《中國小說史略》是抄襲日本鹽谷溫的《支那文學概論講話》的。下文的「回敬他一通罵街」，參見本書〈學界的三魂〉一文注1。

33 指鹽谷溫（一八七八—一九六二），日本漢文學研究者，當時任東京大學教授。

34 《紅樓夢》：長篇小說，一百二十回，前八十回清代曹雪芹作，後四十回一般認為是高鶚續作。

35 森槐南（一八六三—一九一一）：日本漢文學研究者。他對唐人小說的分類，據鹽谷溫《支那文學概論講話》第六章所述，共為三類：一、別傳；二、異聞瑣語；三、雜事。鹽谷溫則根據他所分類的第一類，再細分為別傳、劍俠、豔情、神怪四種。

36 《漢魏叢書》，明代何鏜輯，內收漢魏六朝間遺書百種。現在通行的有清代王謨刻本八十六種。

37 指《古小說鉤沉》。內收自周至隋散佚小說三十六種，是研究中國小說史的重要資料。

38 小說筆記叢書，共二十卷。舊有桃源居士輯本，凡一百四十四種；清代乾隆時，山陰陳蓮塘又從《說郛》等書中採入二十種，合為一百六十四種。內多小說，但刪節和謬誤很多，坊刻本又改名為《唐代叢書》。

39 類書，共五百卷。宋代李昉等奉敕纂輯。書成於太平興國三年（九七八），內收六朝至宋代初年的小說、野史很多，引用書四百七十餘種。

40 塞文狄斯：通譯塞凡提斯。陳西瀅在《現代評論》第二卷第四十八期（一九二五年十一月七日）的《閒話》裡說：「有人遊歷西班牙，他的引導指了一個乞丐似的老人說，那就是寫 Don Quixote 的 Cervantes（按即寫《堂吉訶德》的塞凡提斯）。聽者驚詫道：塞文狄斯麼？怎樣你們的政府讓他這樣的窮困？引導者道：要是政府養了他，他就不寫 Don Quixote 那樣的作品了。」按在英國華茲（H.E.Watts）所著的《塞凡提斯評傳》第十二章中，曾說及西班牙人托勒斯（M.Torres）所記述的一個故事：一六一五年二月，托勒斯會見一些愛讀賽凡提斯著作的法國人，他願意引導他們去看那個作者。他告訴他們說，塞凡提斯年老了，很窮；於是一個人問道：西班牙為什麼不用公款資助這樣的人，使他富有些呢？又一個人說道：若是窮困逼迫他著書，那麼願上帝不要使他富有，他自己雖窮困，卻可以用他的著作使世界富有。但托勒斯並未真的引導那些法國人去會塞凡提斯。陳西瀅關於塞凡提斯的話完全是道聽塗說。

41 陳西瀅在凌叔華的抄襲行為被揭發以後，曾在《現代評論》第二卷第五十期的《閒話》裡隱約地為她辯解說：「至於文學，界限就不能這樣的分明了。許多情感是人類所共有的，他們情之所至，發為詩歌，也免不了有許多共同之點。……難道一定要說誰抄襲了誰才稱心嗎？」「『剽竊』『抄襲』的罪名，在文學裡，我以為只可以壓倒一般蠢才，卻不能損傷天才作家的。……至於偉大的天才，有幾個不偶然的剽竊？不用說廣義的他們心靈受了過去大作家的陶養，頭腦裡充滿了過去大作家的思想，就狹義的說，舉起例來也舉不勝舉。」

42 指陳彬龢的節譯本，一九二六年三月樸社出版（以後另有孫俍工的全譯本，開明書店出版）。

43 關於凌叔華剽竊小說圖畫的問題，《晨報副刊》自一九二五年十月一日起，由徐志摩主編，報頭用了一幅敞胸半裸的西洋女人黑白畫像，無署名，徐志摩在開場白《我為什麼來辦我想怎麼辦》中也未聲明畫的來源；只是在同日刊載的凌叔華所作小說《中秋晚》後的附記中，順便說「副刊篇首廣告的圖案也都是凌女士的。」十月八日，《京報副刊》上登載了署名重余（陳學昭）的《似曾相識的〈晨報副刊〉篇首圖案》，指出該畫是剽竊英國畫家琵亞詞侶的。不久，《現代評論》第二卷第四十八期（一九二五年十一月七日）發表了凌叔華的小說《花之寺》，十一月十四日《京報副刊》又發表了署名晨牧的《零零碎碎》一則，暗指凌叔華的《花之寺》說：「晚近文學界抄襲手段日愈發達，……現在某女士竟把柴霍甫的《在消夏別墅》抄竄來了。……這樣換湯不換藥的小說，瞞得過世人的嗎？」陳西瀅疑心這兩篇文章都是魯迅所作。琵亞詞侶，又譯畢亞茲萊（A.Beardsley，一八七二—一八九八），英國畫家。多用圖案性的黑白線條描繪社會生活。魯迅曾於一九二九年選印他的畫集《比亞茲萊畫選》（《藝苑朝華》第四輯）。凌叔華，廣東番禺人，小說家。陳西瀅之妻。

44 曹錕（一八六二—一九三八），字仲珊，天津人，北洋軍閥直系首領之一。一九二三年十月，他收買國會議員，以賄選得任中華民國總統，至一九二四年十一月，在與奉系軍閥張作霖作戰失敗後被迫下台。

45 彭允彝，字靜仁，湖南湘潭人。一九二三年他任北洋政府教育總長，北京大學因反對他而與教育部脫離關係。「代表無恥」云云，是當時北大教授胡適抨擊他的話（見《努力》週報第三十九期）。一九二五年八月，北京大學反對章士釗為教育總長，也宣布與教育部脫離關係。在北大十七教授《致本校同事公函》中，曾說章士釗「是彭允彝一樣的無恥政客」，所以陳西瀅在這裡有「代表無恥的章士釗」這樣的反語。

46 蔡鍔等為反對袁世凱稱帝，在雲南組織護國軍，於一九一五年十二月二十五日發動討袁起義，很快得到全國各省的回應，袁被迫於一九一六年三月二十二日取消帝制。

47 當時馮玉祥統率的傾向進步的軍隊。馮原屬北洋軍閥中直系吳佩孚的一系；一九二四年十月第二次直奉戰爭中，他在前線與奉軍妥協，通電主張停戰，回師北京，舉行「北京政變」，囚禁總統曹錕，並將所部軍隊改組為國民軍。

48 張勳（一八五四－一九二三），字少軒，江西奉新人，北洋軍閥之一。一九一七年六月，他帶兵從徐州到北京，七月一日與康有為等擁清廢帝溥儀進行復辟。同月十二日即告失敗。作者於七月三日與教育部別的幾個部員同時憤而離職，亂平後於十六日返部。

49 形容出國留學「鍍金」後身價百倍。劉半農在《奉答陳通伯先生兼答SSS君及其前輩》（一九二六年二月一日《語絲》第六十四期）中說：「吳稚暉先生說過，留學生好比是麵筋，到西洋那大油鍋裡去一泡，馬上就蓬蓬勃勃漲得其大無外。」

50 陳西瀅在《致豈明》的第二封信中兼指魯迅說：「因為先生們太不自量，更加得意忘形起來，所以給先生一個小小的教訓。」

我還不能「帶住」[1]

一月三十日《晨報副刊》上滿載著一些東西，現在有人稱它為「攻周專號」[2]，真是些有趣的玩意兒，倒可以看見紳士的本色。

不知怎的，今天的《晨副》忽然將這事結束，照例用通信，李四光教授開場白，徐志摩「詩哲」[3]接後段，一唱一和，說道「帶住！讓我們對著混鬥的雙方猛喝一聲，帶住！」[4]了。還「聲明一句，本刊此後不登載對人攻擊的文字」云。

他們的什麼「閒話……閒話」問題，本與我沒有什麼鳥相干，「帶住」也好，放開也好，拉攏也好，自然大可以隨便玩把戲。但是，前幾天不是因為「令兄」關係，連我的「面孔」都攻擊過了麼？我本沒有去「混鬥」，倒是株連了我。現在我還沒有怎樣開口呢，怎麼忽然又要「帶住」了？從紳士們看來，這自然不過是「侵犯」了我「一言半語」，正無須「跳到半天空」，然而我其實也並沒有「跳到半天空」，只是還不能這樣地謹聽指揮，你要「帶住」了，我也就「帶住」。

對不起，那些文字我無心細看，「詩哲」所說的要點，似乎是這樣鬧下去，要失了大學教授的體統，丟了「負有指導青年重責的前輩」的醜，使學生不相信，青年不耐煩了。可憐可憐，有臭趕緊遮起來。「負有指導青年重責的前輩」，有這麼多的醜可丟，有那麼多的醜怕丟麼？用紳士服將「醜」層層包裹，裝著好面孔，就是教授，就是青年的導師麼？

中國的青年不要高帽皮袍，裝腔作勢的導師；要並無偽飾，——倘沒有，也得少有偽飾的導師。倘有戴著假面，以導師自居的，就得叫他除下來，否則，便將它撕下來，互相撕下來。撕得鮮血淋漓，臭架子打得粉碎，然後可以談後話。這時候，即使只值半文錢，卻是真價值；即使醜得要使人「噁心」，卻是真面目。略一揭開，便又趕忙裝進緞子盒裡去，雖然可以使人疑是鑽石，也可以猜作糞土，縱使外面滿貼著好招牌，法蘭斯呀，蕭伯納[5]呀，……毫不中用的！

李四光教授先勸我「十年讀書十年養氣」。還一句紳士話罷：盛意可感。書是讀過的，不止十年，氣也養過的，不到十年，可是讀也讀不好，養也養不好。我是李教授所早認為應當「投畀豺虎」者之一[6]，此時本已不必溫言勸諭，說什麼「弄到人家無故受累」，難道真以為自己是「公理」的化身，判我以這樣巨罰之後，還要我叩謝天恩麼？

還有，李教授以為我「東方文學家的風味，似乎格外的充足，……所以總要寫到露骨到底，才盡他的興會。」我自己的意見卻絕不同。我正因為生在東方，而且生在中國，所以「中庸」「穩妥」的餘毒，還淪肌浹髓，比起法國的勃羅亞[7]——他簡直稱大報的記者為「蛆蟲」——來，真是「小巫見大巫」，使我自慚究竟不及白人之毒辣勇猛。即以李教授的事為例罷：一，因為我知道李教授是科學家，不很「打筆墨官司」的，所以只要可以不提，便不提；只因為要回敬貴會友[8]一杯酒，這才說出「兼差」的事來。二，關於兼差和薪水一節，已在《語絲》（六五）[9]上答覆了，但也還沒有「寫到露骨到底」。

我自己也知道，在中國，我的筆要算較為尖刻的，說話有時也不留情面。但我又知道人們怎樣地用了公理正義的美名，正人君子的徽號，溫良敦厚的假臉，流言公論的武器，吞吐曲折的文字，行私利己，使無刀無筆的弱者不得喘息。倘使我沒有這筆，也就是被欺侮到赴訴無門的一個；我覺悟了，所以要常用，尤其是用於使麒麟皮下露出馬腳。萬一那些虛偽者居然覺得一點痛苦，有些省悟，知道技倆也有窮時，少裝些假面目，則用了陳源教授的話來說，就是一個「教訓」。只要誰露出真價值來，即使只值半文，我決不敢輕薄半句。但是，想用了串戲的方法來哄騙，那是不行的；我知道的，不和你們來敷衍。

「詩哲」為援助陳源教授起見，似乎引過羅曼羅蘭的話，大意是各人的身上都有鬼，但人卻只知道打別人身上的鬼[10]。沒有細看，說不清了，要是差不多，那就是一併承認了陳源教授的身上也有鬼，李四光教授自然也難逃。他們先前是自以為沒有鬼的。假使真知道了自己身上也有鬼，「帶住」的事可就容易辦了。只要不再串戲，不再擺臭架子，忘卻了你們的教授的頭銜，且不做指導青年的前輩，將你們的「公理」的旗插到「糞車」上去，將你們的紳士衣裝拋到「臭毛廁」裡去，除下假面具，赤條條地站出來說幾句真話就夠了！

二月三日

【注釋】

1　本篇最初發表於一九二六年二月七日北京《京報副刊》。

2　一九二六年一月三十日《晨報副刊》的全部篇幅，只刊載徐志摩的《關於下面一束通信告讀者們》和陳源的《閒話的閒話之閒話引出來的幾封信》，所以二月二日《京報副刊》上發表署名楊丹初的《問陳源》一文中，稱它為「陳源同徐志摩兩個人湊成的攻周的專號」。

3　一九二四年印度詩人泰戈爾來華時，有人稱他為「詩聖」；徐志摩追隨泰戈爾左右，當時也有人稱徐為「詩哲」。

4　一九二六年二月三日《晨報副刊》以「結束閒話，結束廢話！」為題，發表了李四光和徐志摩的通信。李四光在通信中說魯迅「東方文學家的風味，他似乎格外的充足，所以他拿起筆來，總要寫到露骨到底，才盡他的興會，弄到人家無故受累，他也管不著。」同時他又慨嘆「指導青年的人，還要彼此辱罵，製成一個惡劣的社會」。
徐志摩則說：「大學的教授們」，「負有指導青年重責的前輩」，是不該這樣「混鬥」的。因為「這不僅是紳士不紳士的問題，這是像受教育人不像的問題。……學生們看做他們先生的這樣丟醜，忍不住開口說話了。絕對沒關係人看了這情形也不耐煩了。」於是他便「對著混鬥的雙方猛喝」：「帶住！」

5　蕭伯納（George Bernard Shaw，一八五六—一九五〇），英國劇作家、批評家。著有劇本《華倫夫人的職業》《巴巴拉少校》《真相畢露》等。陳西瀅在《現代評論》第一卷第十八期（一九二五年四月十一日）《中山先生大殯給我的感想》，和同刊第二卷第四十八期（一九二五年十一月七日）的《閒話》中，曾一再說到一九二一年夏天他在倫敦訪問蕭伯納的事。

6　一九二五年十二月，所謂「國立女子大學後援會」在致北京國立各校教職員聯席會議的信中，說要把女師大教職員「投畀豺虎」。李四光是該會成員之一。

7 勃羅亞（L.Bloy，一八四六—一九一七）：法國作家，他常在文章中用極毒辣的語言攻擊當時文學界和新聞界的著名人物。著有《一個專事拆毀的工程師的話》《失望者》等。

8 指王世杰，他也是「教育界公理維持會」（後改名「國立女子大學後援會」）的成員。他曾叫嚷「北大教授在女師大兼充主任者已有五人，實屬違法，應加以否認」。對此，魯迅指出：「北大教授兼國立京師圖書館副館長月薪至少五六百元的李四光，不也是正在坐中『維持公理』，而且演說的麼？使之何以為情？」（見《華蓋集·「公理」的把戲》）

9 指本書《不是信》一文。

10 徐志摩在一九二六年一月二十日《晨報副刊》發表的《再添幾句閒話的閒話乘便妄想解圍》中說：「我真的覺得沒有一件事情你可以除外你自己專罵旁人的。……我們心裡的心裡，你要是有膽量望裡看的話，那一種可能的惡、孽、罪，不曾犯過？誰也不能比誰強得了多少，老實說。……引申這個意義，我們就可以懂得羅曼羅蘭『Above the Battle Field』的喊聲。鬼是可怕的；他不僅附在你敵人的身上，那是你瞅得見的，他也附在你自己的身上，這你往往看不到，要打鬼的話，你就得連你自己身上的一起打了去，才是公平。」

羅曼羅蘭（Romain Rolland，一八六六—一九四四），法國作家、社會活動家。著有長篇小說《約翰·克里斯朵夫》、劇本《愛與死的搏鬥》等。

「Above the Battle Field」，英語，意為「在戰場上」；這是徐志摩對羅曼羅蘭在第一次世界大戰期中反對帝國主義戰爭的文集《超乎混戰之上》一書書名不準確的英譯。

送灶日漫筆[1]

坐聽著遠遠近近的爆竹聲，知道灶君先生們都在陸續上天，向玉皇大帝講他的東家的壞話去了[2]，但是他大概終於沒有講，否則，中國人一定比現在要更倒楣。

灶君升天的那日，街上還賣著一種糖，有柑子那麼大小，在我們那裡也有這東西，然而扁的，像一個厚厚的小烙餅。那就是所謂「膠牙餳」了。本意是在請灶君吃了，黏住他的牙，使他不能調嘴學舌，對玉帝說壞話。我們中國人意中的神鬼，似乎比活人要老實些，所以對鬼神要用這樣的強硬手段，而於活人卻只好請吃飯。

今之君子往往諱言吃飯，尤其是請吃飯。那自然是無足怪的，的確不大好聽。只是北京的飯店那麼多，飯局那麼多，莫非都在食蛤蜊，談風月，「酒酣耳熱而歌嗚嗚」[3]麼？不盡然的，的確也有許多「公論」從這些地方播種，只因為公論和請帖之間看不出蛛絲馬跡，所以議論便堂哉皇哉了。但我的意見，卻以為還是酒後的公論有情。人非木石，豈能一味談理，礙於情面而偏過去了，在這裡正有著人氣息。

況且中國是一向重情面的。何謂情面？明朝就有人解釋過，曰：「情面者，面情之謂也。」[4]自然不知道他說什麼，但也就可以懂得他說什麼。在現今的世上，要有不偏不倚的公論，本來是一種夢想；即使是飯後的公評，酒後的宏議，也何嘗不可姑妄聽之呢。然而，倘以為那是真正老牌的公論，卻一定上當，——但這也不能獨歸罪於公論家，社會上風行請吃飯而諱言請吃飯，使人們不得不虛假，那自然也應該分任其咎的。

記得好幾年前，是「兵諫」[5]之後，有槍階級專喜歡在天津會議的時候，有一個青年憤憤地告訴我道：他們那裡是會議呢，在酒席上，在賭桌上，帶著說幾句就決定了。他就是受了「公論不發源於酒飯說」之騙的一個，所以永遠是憤然，殊不知他那理想中的情形，怕要到二九二五年才會出現呢，或者竟許到三九二五年。

然而不以酒飯為重的老實人，卻是的確也有的，要不然，中國自然還要壞。有些會議，從午後二時起，討論問題，研究章程，此問彼難，風起雲湧，一直到七八點，大家就無端覺得有些焦躁不安，脾氣愈大了，議論愈糾紛了，章程愈渺茫了，雖說我們到討論完畢後才散罷，但終於一哄而散，無結果。這就是輕視了吃飯的報應，六七點鐘時分的焦躁不安，就是肚子對於本身和別人的警告，而大家誤信了吃飯與講公理無關的妖言，毫不瞅睬，所以肚子就使你演說也沒精采，宣言也——連草稿都沒有。

但我並不說凡有一點事情，總得到什麼太平湖飯店，擷英番菜館之類裡去開大宴；我於那些店裡都沒有股本，犯不上替他們來拉主顧，人們也不見得都有這麼多的錢。我不過說，發議論和請吃飯，現在還是有關係的；請吃飯之於發議論，現在也還是有益處的；雖然，這也是人情之常，無足深怪的。

順便還要給熱心而老實的青年們進一個忠告，就是沒酒沒飯的開會，時候不要開得太長，倘若時候已晚了，那麼，買幾個燒餅來吃了再說。這麼一辦，總可以比空著肚子的討論容易有結果，容易得收場。

膠牙餳的強硬辦法，用在灶君身上我不管它怎樣，用之於活人是不大好的。倘是活人，莫妙於給他醉飽一次，使他自己不開口，卻不是膠住他。中國人對人的手段頗高明，對鬼神卻總有些特別，二十三夜的捉弄灶君即其一例，但說起來也奇怪，灶君竟至於到了現在，還彷彿沒有省悟似的。

道士們的對付「三屍神」[6]，可是更厲害了。我也沒有做過道士，詳細是不知道的，但據「耳食之言」，則道士們以為人身中有三屍神，到有一日，便乘人熟睡時，偷偷地上天去奏本身的過惡。這實在是人體本身中的奸細，《封神傳演義》[7]常說的「三屍神暴躁，七竅生煙」的三屍神，也就是這東西。

但據說要抵制他卻不難，因為他上天的日子是有一定的，只要這一日不睡覺，他便無隙可乘，只好將過惡都放在肚子裡，再看明年的機會了。連膠牙餳都沒得吃，他實在比灶君還不幸，值得同情。

三屍神不上天，罪狀都放在肚子裡；灶君雖上天，滿嘴是糖，在玉皇大帝面前含含糊胡地說了一通，又下來了。對於下界的情形，玉皇大帝一點也聽不懂，一點也不知道，於是我們今年當然還是一切照舊，天下太平。

我們中國人對於鬼神也有這樣的手段。

我們中國人雖然敬信鬼神；卻以為鬼神總比人們傻，所以就用了特別的方法來處治他。至於對人，那自然是不同的了，但還是用了特別的方法來處治，只是不肯說；你一說，據說你就是卑視了他了。誠然，自以為看穿了的話，有時也的確反不免於淺薄。

二月五日

【注釋】

1 本篇最初發表於一九二六年二月十一日《國民新報副刊》。

2 舊俗以夏曆十二月二十四日為灶神升天的日子，在這一天或前一天祭送灶神，稱為送灶。

3 見《南史．王弘傳》：「(融)初為司徒法曹，詣王僧祐，因遇沈昭略，未相識。昭略屢顧盼，謂主人曰：『是何年少？』融殊不平，謂曰：『僕出於扶桑，入於湯谷，照耀天下，誰云不知，而卿此問！』昭略云：『不知許事，且食蛤蜊。』」談風月，見《梁書．徐勉傳》，勉為吏部尚書，「常與門人夜集，客有虞暠求詹事五官。勉正色答云：『今夕止可談風月，不宜及公事。』」「酒酣耳熱而歌嗚嗚」，語出《漢書．楊惲傳》，惲報孫會宗書：「田家作苦，歲時伏臘，烹羊炰羔，斗酒自勞。……酒後耳熱，仰天拊罐而呼嗚嗚。」

4 這是明代周道登（崇禎初年的禮部尚書兼東閣大學士）對崇禎皇帝說的話，見竹塢遺民（文秉）

著《烈皇小識》卷一：「上（崇禎）又問閣臣：『近來諸臣奏內，多有情面二字，何謂情面？』周道登對曰：『情面者，面情之謂也。』左右皆匿笑。」

5 一九一七年第一次世界大戰期間，北洋政府在參戰問題上，總統黎元洪和總理段祺瑞發生分歧。五月，段提出的對德宣戰案未得國會通過，且被黎元洪免職。於是在段的指使下，安徽省長倪嗣沖首先通電獨立，奉、魯、閩、豫、浙、陝、直等省督軍相繼回應，皖督張勳也用「十三省省區聯合會」（即所謂督軍團）的名義電請黎元洪退職，他們自稱這種行動為「兵諫」。

6 道教稱在人體內作祟的「神」。據《太上三屍中經》說：「上屍名彭倨，在人頭中；中屍名彭質，在人腹中；下屍名彭矯，在人足中。」又說每逢庚申那天，他們便上天去向天帝陳說人的罪惡；但只要人們在這天晚上通宵不眠，便可避免，叫做「守庚申」。

7 即《封神演義》，長篇小說，明代許仲琳（一說陸西星）著，共一百回。

談皇帝[1]

中國人的對付鬼神，兇惡的是奉承，如瘟神和火神之類，老實一點的就要欺侮，例如對於土地或灶君。待遇皇帝也有類似的意思。君民本是同一民族，亂世時「成則為王敗則為賊」，平常是一個照例做皇帝，許多個照例做平民；兩者之間，思想本沒有什麼大差別。所以皇帝和大臣有「愚民政策」，百姓們也自有其「愚君政策」。

往昔的我家，曾有一個老僕婦，告訴過我她所知道，而且相信的對付皇帝的方法。她說——

「皇帝是很可怕的。他坐在龍位上，一不高興，就要殺人；不容易對付的。所以吃的東西也不能隨便給他吃，倘是不容易辦到的，他吃了又要，一時辦不到；——譬如他冬天想到瓜，秋天要吃桃子，辦不到，他就生氣，殺人了。現在是一年到頭給他吃波菜，一要就有，毫不為難。但是倘說是波菜，他又要生氣的，因為這是便宜貨，所以大家對他就不稱為波菜，另外起一個名字，叫作『紅嘴綠鸚哥』。」

在我的故鄉，是通年有波菜的，根很紅，正如鸚哥的嘴一樣。

這樣的連愚婦人看來也是呆不可言的皇帝，似乎大可以不要了。然而並不，她以為要有的，而且應該聽憑他作威作福。至於用處，彷彿在靠他來鎮壓比自己更強梁的別人，所以隨便殺人，正是非備不可的要件。然而倘使自己遇到，且須侍奉呢？可又覺得有些危險了，因此只好又將他練成傻子，終年耐心地專吃著「紅嘴綠鸚哥」。

其實利用了他的名位，「挾天子以令諸侯」[2]的，和我那老僕婦的意思和方法都相同，不過一則又要他弱，一則又要他愚。儒家的靠了「聖君」來行道也就是這玩意，因為要「靠」，所以要他威重，位高；因為要便於操縱，所以又要他頗老實，聽話。

皇帝一自覺自己的無上威權，這就難辦了。既然「普天之下，莫非皇土」[3]，他就胡鬧起來，還說是「自我得之，自我失之，我又何恨」[4]哩！於是聖人之徒也只好請他吃「紅嘴綠鸚哥」了，這就是所謂「天」。據說天子的行事，是都應該體帖天意，不能胡鬧的；而這「天意」也者，又偏只有儒者們知道著。

這樣，就決定了：要做皇帝就非請教他們不可。

然而不安分的皇帝又胡鬧起來了。你對他說「天」麼，他卻道，「我生不有命在天?!」[5]豈但不仰體上天之意而已，還逆天，背天，「射天」[6]，簡直將國家鬧完，使靠天吃飯的聖賢君子們，哭不得，也笑不得。

於是乎他們只好去著書立說，將他罵一通，預計百年之後，即身歿之後，大行於時，自以為這就了不得。

但那些書上，至多就只記著「愚民政策」和「愚君政策」全都不成功。

二月十七日

【注釋】

1　本篇最初發表於一九二六年三月九日《國民新報副刊》。

2 語見《三國志·諸葛亮傳》。諸葛亮在隆中對劉備評論曹操時說：「今操已擁百萬之眾，挾天子以令諸侯，此誠不可與爭鋒。」

3 見《詩經·小雅·北山》：「溥天之下，莫非王土；率土之濱，莫非王臣。」溥，通普。

4 語出《梁書·邵陵王綸傳》。太清三年（五四九）三月，侯景陷建康，「高祖（梁武帝蕭衍）嘆曰：自我得之，自我失之，亦復何恨！」

5 語見《尚書·西北戡黎》：「王（商紂王）曰：嗚呼！我生不有命在天？」

6 見《史記·殷本紀》：「帝武乙無道，為偶人，謂之天神。與之博，令人為行。天神不勝，乃僇辱之。為革囊，盛血，卬（仰）而射之，命曰『射天』。」

無花的薔薇[1]

一

又是 Schopenhauer 先生的話——

「無刺的薔薇是沒有的。——然而沒有薔薇的刺卻很多。」[2]

題目改變了一點，較為好看了。

「無花的薔薇」也還是愛好看。

二

去年，不知怎的這位聶本華爾先生忽然合於我們國度裡的紳士們的脾胃了，便拉扯了他的一點《女人論》[3]；我也就夾七夾八地來稱引了好幾回，可惜都是刺，失了薔薇，實在大煞風景，對不起紳士們。

記得幼小時候看過一齣戲，名目忘卻了，一家正在結婚，而勾魂的無常鬼已到，夾在婚儀中間，一同拜堂，一同進房，一同坐床……實在大煞風景，我希望我還不至於這樣。

三

有人說我是「放冷箭者」[4]。

我對於「放冷箭」的解釋，頗有些和他們一流不同，是說有人受傷，而不知這箭從什麼地方射出。所謂「流言」者，庶幾近之。但是我，卻明明站在這裡。

但是我，有時雖射而不說明靶子是誰，這是因為初無「與眾共棄」之心，只要該靶子獨自知道，知道有了洞，再不要面皮鼓得急綳綳，我的事就完了。

四

蔡孑民[5]先生一到上海，《晨報》就據國聞社電報鄭重地發表他的談話，而且加以按語，以為「當為歷年潛心研究與冷眼觀察之結果，大足詔示國人，且為知識階級所注意也。」

我很疑心那是胡適之先生的談話，國聞社的電碼有些錯誤了。

五

預言者，即先覺，每為故國所不容，也每受同時人的迫害，大人物也時常這樣。他要得人們的恭維讚嘆時，必須死掉，或者沉默，或者不在面前。

總而言之，第一要難於質證。

如果孔丘，釋迦，耶穌基督還活著，那些教徒難免要恐慌。對於他們的行為，真不知道教主先生要怎樣慨嘆。

所以，如果活著，只得迫害他。

待到偉大的人物成為化石，人們都稱他偉人時，他已經變了傀儡了。

有一流人之所謂偉大與渺小，是指他可給自己利用的效果的大小而言。

六

法國羅曼羅蘭先生今年滿六十歲了。晨報社為此徵文徐志摩先生於介紹之餘，發感慨道：「……但如其有人拿一些時行的口號，什麼打倒帝國主義等等，或是分裂與猜忌的現象，去報告羅蘭先生說這是新中國，我再也不能預料他的感想了。」[6]（《晨副》一二九九）

他住得遠，我們一時無從質證，莫非從「詩哲」的眼光看來，羅蘭先生的意思，是以為新中國應該歡迎帝國主義的麼？

「詩哲」又到西湖看梅花去了，一時也無從質證。不知孤山的古梅，著花也未，可也在那裡反對中國人「打倒帝國主義」？

七

志摩先生曰：「我很少誇獎人的。但西瀅就他學法郎士的文章說，我敢說，已經當得起一句天津話：『有根』了。」而且「像西瀅這樣，在我看來，才當得起『學者』的名詞。」[7]（《晨副》一四二三）

西瀅教授曰：「中國的新文學運動方在萌芽，可是稍有貢獻的人，如胡適之，徐志摩，郭沫若，郁達夫，丁西林，周氏兄弟等等都是曾經研究過他國文學的人。尤其是志摩他非但在思想方面，就是在體制方面，他的詩及散文，都已經有一種中國文學裡從來不曾有過的風格。」[8]（《現代》六三）

雖然抄得麻煩，但中國現今「有根」的「學者」和「尤其」的思想家及文人，總算已經互相選出了。

八

志摩先生曰：「魯迅先生的作品，說來大不敬得很，我拜讀過很少，就只《吶喊》集裡兩三篇小說，以及新近因為有人尊他是中國的尼采他的《熱風》集裡的幾頁。他平常零星的東西，我即使看也等於白看，沒有看進去或是沒有看懂。」[9]（《晨副》一四三三）

西瀅教授曰：「魯迅先生一下筆就構陷人家的罪狀。……可是他的文章，我看過了就放進了應該去的地方——說句體己話，我覺得它們就不應該從那裡出來——手邊卻沒有。」[10]（同上）

雖然抄得麻煩，但我總算已經被中國現在「有根」的「學者」和「尤其」的思想家及文人協力踏倒了。

九

但我願奉還「曾經研究過他國文學」的榮名。「周氏兄弟」之一，一定又是我了。我何嘗研究過什麼呢，做學生時候看幾本外國小說和文人傳記，就能算「研究過他國文學」麼？

該教授——恕我打一句「官話」——說過，我笑別人稱他們為「文士」，而不笑「某報天天鼓吹」我是「思想界的權威者」。現在不了，不但笑，簡直唾棄它。

十

其實呢，被毀則報，被譽則默，正是人情之常。誰能說人的左頰既受愛人接吻而不作一聲，就得援此為例，必須默默地將右頰給仇人咬一口呢？

我這回的竟不要那些西瀅教授所頒賞陪襯的榮名，「說句體己話」罷，實在是不得已。我的同鄉不是有「刑名師爺」的麼？他們都知道，有些東西，為要顯示他傷害你的時候的公正，在不相干的地方就稱讚你幾句，似乎有賞有罰，使別人看去，很像無私……。

「帶住！」又要「構陷人家的罪狀」了。只是這一點，就已經夠使人「即使看也等於白看」，或者「看過了就放進了應該去的地方」了。

二月二十七日

【注釋】

1 本篇最初發表於一九二六年三月八日《語絲》週刊第六十九期。

2 叔本華。這裡的引文據一九一六年德文版《叔本華全集》第六卷《比喻・隱喻和寓言》，可譯為：「沒有無刺的薔薇。——但不是薔薇的刺卻很多。」

3 叔本華誣蔑婦女的一篇文章。張慰慈曾譯為中文，題為《婦女論》，發表於一九二五年十月十四日、十五日《晨報副刊》。譯文前刊有徐志摩的一篇介紹文《叔本華與叔本華的婦女論》。

4 陳西瀅在一九二六年一月三十日《晨報副刊》發表的《致志摩》中攻擊魯迅說：「他沒有一篇文章裡不放幾枝冷箭」。

5 即蔡元培（一八六八—一九四〇），字鶴卿，號孑民，浙江紹興人，前清進士，近代教育家。早年與章太炎等組織光復會，後又參加同盟會。曾任北洋政府教育總長、北京大學校長、國民黨政府中央研究院院長等職；「五四」時期，他贊成和支持新文化運動。一九二六年二月三日，他由歐洲回抵上海，對國聞社記者發表關於國內政治教育等問題的談話，說「對政制贊可聯省自治。對學生界現象極不滿。謂現實問題，固應解決，尤須有人埋頭研究，以規將來」等等（見一九二六年二月五日北京《晨報》），這與胡適的主張相似，魯迅因而表示反對；這裡說「疑心那是胡適之先生的談話」，是對蔡的一種比較委婉的批評。

6 此段引自徐志摩在一九二五年十月三十一日《晨報副刊》發表的《羅曼羅蘭》一文。文中說加爾各答大學教授卡立大斯拉格（Kaliadas Nag）「專為法國羅曼羅蘭明年六十整壽徵文」寫信給他，說「羅曼羅蘭先生自己極想望從『新中國』聽到他思想的回響」。

7 此段引自徐志摩在一九二六年一月十三日《晨報副刊》發表的《「閒話」引出來的閒話》。

8 此段引自陳西瀅在《現代評論》第三卷第六十三期（一九二六年二月二十日）發表的《閒話》。

9 此段引自徐志摩在一九二六年一月三十日《晨報副刊》發表的《關於下面一束通信告讀者們》。

10 此段引自陳西瀅的《致志摩》。

無花的薔薇之二[1]

一

英國勃爾根[2]貴族曰：「中國學生只知閱英文報紙，而忘卻孔子之教。英國之大敵，即此種極力詛咒帝國而幸災樂禍之學生。……中國為過激黨之最好活動場……。」（一九二五年六月三十日倫敦路透電。）

南京通信云：「基督教城中會堂聘金大教授某神學博士講演，中有謂孔子乃耶穌之信徒，因孔子吃睡時皆禱告上帝。當有聽眾……質問何所據而云然；博士語塞。時乃有教徒數人，突緊閉大門，聲言『發問者，乃蘇俄盧布買收來者』。

當呼警捕之。……」（三月十一日《國民公報》。）

蘇俄的神通真是廣大，竟能買收叔梁紇[3]，使生孔子於耶穌之前，則「忘卻孔子之教」和「質問何所據而云然」者，當然都受著盧布的驅使無疑了。

二

西瀅教授曰：「聽說在『聯合戰線』中，關於我的流言特別多，並且據說我一個人每月可以領到三千元。『流言』是在口上流的，在紙上倒也不大見。」[4]（《現代》六十五。）

該教授去年是只聽到關於別人的流言的，卻由他在紙上發表；據說今年卻聽到關於自己的流言了，也由他在紙上發表。「一個人每月可以領到三千元」，實在特別荒唐，可見關於自己的「流言」都不可信。但我以為關於別人的似乎倒是近理者居多。

三

據說「孤桐先生」下臺之後，他的什麼《甲寅》居然漸漸的有了活氣了。可見官是做不得的[5]。然而他又做了臨時執政府秘書長了，不知《甲寅》可仍然還有活氣？如果還有，官也還是做得的……。

四

已不是寫什麼「無花的薔薇」的時候了。

雖然寫的多是刺，也還要些和平的心。

現在，聽說北京城中，已經施行了大殺戮了[6]。當我寫出上面這些無聊的文字的時候，正是許多青年受彈飲刃的時候。

嗚呼，人和人的魂靈，是不相通的。

五

中華民國十五年三月十八日，段祺瑞政府使衛兵用步槍大刀，在國務院門前包圍虐殺徒手請願，意在援助外交之青年男女，至數百人之多。還要下令，誣之曰「暴徒」！

如此殘虐險狠的行為，不但在禽獸中所未曾見，便是在人類中也極少有的，除卻俄皇尼古拉二世使可薩克兵擊殺民眾的事[7]，僅有一點相像。

六

中國只任虎狼侵食，誰也不管。管的只有幾個年輕的學生，他們本應該安心讀書的，而時局漂搖得他們安心不下。假如當局者稍有良心，應如何反躬自責，激發一點天良？

然而竟將他們虐殺了！

七

假如這樣的青年一殺就完，要知道屠殺者也決不是勝利者。

中國要和愛國者的滅亡一同滅亡。屠殺者雖然因為積有金資，可以比較長久地養育子孫，然而必至的結果是一定要到的。「子孫繩繩」[8]又何足喜呢？滅亡自然較遲，但他們要住最不適於居住的不毛之地，要做最深的礦洞的礦工，要操最下賤的生業……。

八

如果中國還不至於滅亡，則已往的史實示教過我們，將來的事便要大出於屠殺者的意料之外——

這不是一件事的結束，是一件事的開頭。

墨寫的謊說，絕掩不住血寫的事實。

血債必須用同物償還。拖欠得愈久，就要付更大的利息！

九

以上都是空話。筆寫的，有什麼相干？

實彈打出來的卻是青年的血。血不但不掩於墨寫的謊語，不醉於墨寫的挽歌；威力也壓它不住，因為它已經騙不過，打不死了。

三月十八日，民國以來最黑暗的一天，寫

【注釋】

1 本篇最初發表於一九二六年三月二十九日《語絲》週刊第七十二期。

2 當時英國的印度內務部部長。這裡引的是他在倫敦中央亞洲協會演説中的話（見一九二五年七月二日《京報》）。

3 春秋時魯國人，孔丘的父親。按孔丘生於西元前五五一年，比耶穌生年早五百多年。

4 《猛進》週刊第三十一期（一九二五年十月二日）曾有一篇署名蔚麟的通信，其中說：「《現代評論》因為受了段祺瑞、章士釗的幾千塊錢，吃著人的嘴軟，拿著人的手軟，對於段祺瑞、章士釗的一切胡作非為，絕不敢說半個不字。」

又章川島在《語絲》第六十八期（一九二六年三月一日）的一篇通信裡，也曾說到這津貼問題：「據說現代評論社開辦時，確曾由章士釗經手弄到一千元，大概不是章士釗自己掏腰包的，來路我也不明。……然而這也許是流言，正如西瀅之捧章士釗是否由於大洋，我概不確知。」這兩篇通信都揭露了當時《現代評論》收受津貼的事實；對於這兩篇通信，陳西瀅在《現代評論》第三卷第六十五期（一九二六年三月六日）的《閒話》裡曾經加以辯解，說他個人並未「每月領到三千元」，只要有人能夠證明他「領受過三百元，三十元，三元，三毛，甚而至於三個銅子」，那他「就不再說話」。但對於《現代評論》收受過段祺瑞津貼的事實，則避而不答。又，這裡的「聯合戰線」一語，最初出自《莽原》週刊第二十期（一九二五年九月四日）霉江致魯迅的信中：「我今天上午著手草《聯合戰線》一文，致猛進社、語絲社、莽原社同人及全國的叛徒們的，目的是將三社同人及其他同志聯合起來，印行一種刊物，注全力進攻我們本階級的惡勢力的代表：一系反動派的章士釗的《甲寅》，一系與反動派朋比為奸的《現代評論》。」

5 這是陳西瀅的話，參看本書〈古書與白話〉一文注10。

6 指三一八慘案。一九二六年三月，在馮玉祥國民軍與奉系軍閥張作霖、李景林等作戰期間，日本帝國主義者因見奉軍戰事失利，便公開出面援助，於十二日以軍艦兩艘駛進大沽口，炮擊國民軍守軍，國民軍亦開炮還擊，於是日本便向段祺瑞政府提出抗議，並聯合英、美、法、義、荷、比、西等國，藉口維護《辛丑條約》，於三月十六日以八國名義提出最後通牒，要求停止津沽間的軍事行動和撤除防務等等，並限於四十八小時以內答覆，否則，「關係各國海軍當局，決採所認為必要之手段」。北京各界人民為反對日本帝國主義這種侵犯中國主權的行為，於三月十八日在天安門集會抗議，會後結隊赴段祺瑞執政府請願；不料在國務院門前，段祺瑞竟命令衛隊開槍射擊，並用大刀鐵棍追打砍殺，當場和事後因重傷而死者四十七人，傷者一百五十餘人，造成了帝國主義和封建軍閥互相勾結屠殺我國人民的大慘案。

7 一九〇五年一月二十二日（俄曆一月九日），彼得堡工人因反對開除工人和要求改善生活，帶著眷屬到冬宮請願；俄皇尼古拉二世卻命令士兵開槍。結果，有一千多人被擊斃，兩千多人受傷。

這天是星期日，史稱「流血的星期日」。

8 語見《詩經·大雅·抑》：「子孫繩繩，萬民靡不承。」繩繩，相承不絕的樣子。

「死地」[1]

從一般人，尤其是久受異族及其奴僕鷹犬的蹂躪的中國人看來，殺人者常是勝利者，被殺者常是劣敗者。而眼前的事實也確是這樣。

三月十八日段政府慘殺徒手請願的市民和學生的事，本已言語道斷[2]，只使我們覺得所住的並非人間。但北京的所謂言論界，總算還有評論，雖然紙筆喉舌，不能使灑滿府前的青年的熱血逆流入體，仍復蘇生轉來。無非空口的呼號，和被殺的事實一同逐漸冷落。

但各種評論中，我覺得有一些比刀槍更可以驚心動魄者在。這就是幾個論客，以為學生們本不應當自蹈死地[3]，前去送死的。倘以為徒手請願是送死，本國的政府門前是死地，那就中國人真將死無葬身之所，除非是心悅誠服地充當奴子，「沒齒而無怨言」[4]。不過我還不知道中國人的大多數人的意見究竟如何。假使也這樣，則豈但執政府前，便是全中國，也無一處不是死地了。

人們的苦痛是不容易相通的。因為不易相通，殺人者便以殺人為唯一要道，甚至於還當作快樂。然而也因為不容易相通，所以殺人者所顯示的「死之恐怖」，仍然不能夠儆戒後來，使人民永遠變作牛馬。歷史上所記的關於改革的事，總是先仆後繼者，大部分自然是由於公義，但人們的未經「死之恐怖」，即不容易為「死之恐怖」所懾，我以為也是一個很大的原因。

但我卻懇切地希望：「請願」的事，從此可以停止了。倘用了這許多血，竟換得一個這樣的覺悟和決心，而且永遠紀念著，則似乎還不算是很大的折本。世界的進步，當然大抵是從流血得來。但這和血的數量，是沒有關係的，因為世上也盡有流血很多，而民族反而漸就滅亡的先例。即如這一回，以這許多生命的損失，僅博得「自蹈死地」的批判，便已將一部分人心的機微示給我們，知道在中國的死地是極其廣博。

現在恰有一本羅曼羅蘭的《Le Jeu de L'Amour et de La Mort》[5]在我面前，其中

說：加爾是主張人類為進步計，即不妨有少許污點，萬不得已，也不妨有一點罪惡的；但他們卻不願意殺庫爾跋齊，因為共和國不喜歡在臂膊上抱著他的死屍，因為這過於沉重。

會覺得死屍的沉重，不願抱持的民族裡，先烈的「死」是後人的「生」的唯一的靈藥，但倘在不再覺得沉重的民族裡，卻不過是壓得一同淪滅的東西。

中國的有志於改革的青年，是知道死屍的沉重的，所以總是「請願」。殊不知別有不覺得死屍的沉重的人們在，而且一併屠殺了「知道死屍的沉重」的心。

死地確乎已在前面。為中國計，覺悟的青年應該不肯輕死了罷。

三月二十五日

【注釋】

1 本篇最初發表於一九二六年三月三十日《國民新報副刊》。

2 佛家語。《瓔珞經》：「言語道斷，心行處滅。」「言語道斷」，原意是不可言說，這裡表示悲憤到無話可說。

3 三一八慘案發生後，研究系的機關報《晨報》在三月二十日的「時論」欄發表了林學衡的《為青年流血問題敬告全國國民》一文，誣衊愛國青年「激於意氣，挺（鋌）而走險，乃陷入奸人居間利用之彀中」，指責徐謙等「驅千百珍貴青年為孤注一擲……必欲置千百珍貴青年於死地」，同時該文還惡毒攻擊「共產派諸君故殺青年，希圖利己」。三月二十二日，《晨報》又發表陳淵泉寫的題為《群眾領袖安在》的社論，胡說「純潔愛國之百數十青年即間接死於若輩（按即他所謂「群眾領袖」）之手」。

4 語見《論語·憲問》。沒齒，終身之意。

5 《愛與死的搏鬥》，羅曼羅蘭以法國大革命為題材的劇本之一，作於一九二四年。其中有這樣的情節：國約議會議員庫爾跋齊因反對羅伯斯比爾捕殺丹東，在議會投票判決丹東死刑時，他放棄投票，並中途退出會場；同時他的妻子又在家中接待一個被通緝的吉隆德派分子（她的情人），被人告發。他的朋友政治委員會委員加爾來到他家，告以委員會要他公開宣布對被通緝者的態度；在他拒絕以後，加爾便給予兩張事先準備好的假名假姓的護照，勸他帶著妻子一同逃走，並告訴他已得到羅伯斯比爾的默許。魯迅這裡所舉的就是加爾在這時候對庫爾跋齊所說的話。

可慘與可笑[1]

三月十八日的慘殺事件，在事後看來，分明是政府布成的羅網，純潔的青年們竟不幸而陷下去了，死傷至於三百多人[2]。這羅網之所以布成，其關鍵就全在於「流言」的奏了功效。

這是中國的老例，讀書人的心裡大抵含著殺機，對於異己者總給他安排下一點可死之道。就我所眼見的而論，凡陰謀家攻擊別一派，光緒年間用「康黨」[3]，宣統年間用「革黨」[4]，民二以後用「亂黨」[5]，現在自然要用「共產黨」了。其實，去年有些「正人君子」們稱別人為「學棍」「學匪」的時候，就有殺機存在，因為這類諢號，和「臭紳士」「文士」之類不同，在「棍」「匪」字裡，就藏著可死之道的。但這也許是「刀筆吏」式的深文周納。[6]

去年，為「整頓學風」計，大傳播學風怎樣不良的流言，學匪怎樣可惡的流言，居然很奏了效。今年，為「整頓學風」[7]計，又大傳播共產黨怎樣活動，怎樣可惡的流言，又居然很奏了效。於是便將請願者作共產黨論，三百多人死傷了，如果有一個所謂共產黨的首領死在裡面，就更足以證明這請願就是「暴動」。

可惜竟沒有。這該不是共產黨了罷。據說也還是的，但他們全都逃跑了，所以更可惡。而這請願也還是暴動，做證據的有一根木棍，兩支手槍，三瓶煤油。姑勿論這些是否群眾所攜去的東西；即使真是，而死傷三百多人所攜的武器竟不過這一點，這是怎樣可憐的暴動呵！

但次日，徐謙，李大釗，李煜瀛，易培基，顧兆熊的通緝令[8]發表了。因為他們「嘯聚群眾」，像去年女子師範大學生的「嘯聚男生」（章士釗解散女子師範大學呈文語）一樣，「嘯聚」了帶著一根木棍，兩支手槍，三瓶煤油的群眾。以這樣的群眾來顛覆政府，當然要死傷三百多人；而徐謙們以人命為兒戲到這地步，那當然應該負殺人之罪了；而況自己又不到場，或者全都逃跑了呢？

以上是政治上的事，我其實不很了然。但從別一方面看來，所謂「嚴拿」

者，似乎倒是趕走；所謂「嚴拿」暴徒者，似乎不過是趕走北京中法大學校長兼清室善後委員會[9]委員長（李），中俄大學校長（徐），北京大學教授（李大釗），北京大學教務長（顧），女子師範大學校長（易）；其中的三個又是俄款委員會[10]委員：一共空出九個「優美的差缺」[11]也。

同日就又有一種謠言，便是說還要通緝五十多人；但那姓名的一部分，卻至今日才見於《京報》[12]。這種計畫，在目下的段祺瑞政府的秘書長章士釗之流的腦子裡，是確實會有的。國事犯多至五十餘人，也是中華民國的一個壯觀；而且大概多是教員罷，倘使一同放下五十多個「優美的差缺」，逃出北京，在別的地方開起一個學校來，倒也是中華民國的一件趣事。

那學校的名稱，就應該叫作「嘯聚」學校。

三月二十六日

【注釋】

1 本篇最初發表於一九二六年三月二十八日《京報副刊》。

2 應為二百多人。參看本書〈無花的薔薇之二〉一文注6。

3 指清末參加和贊同康有為等變法維新的人。

4 指參加和贊同孫中山領導的資產階級民主革命運動的人。

5 一九一三年，孫中山領導的討袁戰爭（二次革命）失敗後，袁世凱就把國民黨作為「亂黨」取締。

6 歪曲或苛刻地援用法律條文，陷人於罪。

7 指一九二六年三月六日，西北邊防督辦張之江致電執政段祺瑞和總理賈德耀，侈談「整頓學風」。他胡說當時「學風日窳，士習日偷……現已（男女）合校，復欲共妻」，「江竊以為中國之可慮者，不在內憂，不在外患，惟此邪說詖行，甚於洪水猛獸。」請段祺瑞「設法抑制」。段祺瑞接到電報後，除令秘書長章士釗覆電「嘉許」外，並將原電通知國務院，責成教育部會同軍警機關，切實整頓學風。去年的「整頓學風」，參看本書〈學界的三魂〉一文注12。

8 三一八慘案發生後，段祺瑞政府下令通緝徐謙等五人，胡說他們「假借共產學說，嘯聚群眾，屢肇事端。本日徐謙以共產黨執行委員會名義，散布傳單，率領暴徒數百人，闖襲國務院，潑灌火油，拋擲炸彈，手槍木棍，叢擊軍警。……徐謙等並著京內外一體嚴拿，盡法懲辦，用儆效尤。」

徐謙（一八七一—一九四〇），字季龍，安徽歙縣人。

李大釗（一八八九—一九二七），字守常，河北樂亭人，中國共產黨創始人之一。曾任《新青年》雜誌編輯。積極領導反對北洋軍閥的鬥爭，因而遭到當權的直系軍閥曹錕、吳佩孚的壓迫。一九二六年十二月奉系軍閥張作霖進入北京，下令通緝他，次年四月六日被捕，二十八日遇害。

李煜瀛，字石曾，河北高陽人。

易培基，字寅村，湖南長沙人。

顧兆熊，字孟余，河北人。

9 一九二四年十一月馮玉祥國民軍驅逐溥儀出宮後，北洋政府為辦理清室善後事宜和接收故宮文物而設的機構。

10 即俄國退還庚子賠款委員會。一九一七年俄國十月社會主義革命成功後，蘇俄政府宣布放棄帝俄在中國的一切特權，包括退還庚子賠款中尚未付給的部分。一九二四年五月，兩國簽訂《中俄協定》，其中規定退款用途，除償付中國政府業經以俄款為抵押品的各項債務外，餘數全用於中國教育事業，由中蘇兩國派員合組一基金委員會（俄國退還庚子賠款委員會）負責處理。這裡所說的三個委員，即李煜瀛、徐謙、顧兆熊。

11 這是引用陳西瀅的話。他在《現代評論》第三卷第六十五期（一九二六年三月六日）的《閒話》裡說：「在北京學界一年來的幾次風潮中，一部分強有力者的手段和意見，常常不為另一部分人所贊同，這一部分強有力者就加不贊成他們的人們一個『捧章』的頭銜。然而這成了問題了。……不『捧章』而捧反章者，既然可以得到許多優美的差缺，而且可以受幾個副刊小報的擁戴，為什麼還要去『捧章』呢？」

12 一九二六年三月二十六日《京報》登載消息說：「該項通緝令所羅織之罪犯聞竟有五十人之多，如……周樹人（即魯迅）、許壽裳、馬裕藻……等，均包括在內。」

紀念劉和珍君[1]

一

中華民國十五年三月二十五日，就是國立北京女子師範大學為十八日在段祺瑞執政府前遇害的劉和珍、楊德群[2]兩君開追悼會的那一天，我獨在禮堂外徘徊，遇見程君[3]前來問我道：「先生可曾為劉和珍寫了一點什麼沒有？」我說「沒有」。她就正告我，「先生還是寫一點罷，劉和珍生前就很愛看先生的文章。」

這是我知道的，凡我所編輯的期刊，大概是因為往往有始無終之故罷，銷行一向就甚為寥落，然而在這樣的生活艱難中，毅然預定了《莽原》[4]全年的就有她。我也早覺得有寫一點東西的必要了，這雖然於死者毫不相干，但在生者，卻大抵只能如此而已。倘使我能夠相信真有所謂「在天之靈」，那自然可以得到更大的安慰，——但是，現在，卻只能如此而已。

可是，我實在無話可說，我只覺得所住的並非人間。四十多個青年的血，洋溢在我的周圍，使我艱於呼吸視聽，哪裡還能有什麼言語？長歌當哭，是必須在痛定之後的。而此後幾個所謂學者文人的陰險的論調，尤使我覺得悲哀。我已經出離憤怒了。我將深味這非人間的濃黑的悲涼，以我的最大哀痛顯示於非人間，使它們快意於我的苦痛。就將這作為後死者的菲薄的祭品，奉獻於逝者的靈前。

二

真的猛士，敢於直面慘澹的人生，敢於正視淋漓的鮮血。

這是怎樣的哀痛者和幸福者？然而造化又常常為庸人設計，以時間的流駛，來洗滌舊跡，僅使留下淡紅的血色和微漠的悲哀。在這淡紅的血色和微漠的悲哀中，又給人暫得偷生，維持著這似人非人的世界。我不知道，這樣的世界何時是一個盡頭！

我們還在這樣的世上活著，我也早覺得有寫一點東西的必要了。離三月十八日也已有兩星期，忘卻的救主快要降臨了罷，我正有寫一點東西的必要了。

三

在四十餘被害的青年之中，劉和珍君是我的學生。「學生」云者，我向來這樣想、這樣說，現在卻覺得有些躊躇了，我應該對她奉獻我的悲哀與尊敬。她不是「苟活到現在的我」的學生，是為了中國而死的中國的青年。

她的姓名第一次為我所見，是在去年夏初楊蔭榆女士做女子師範大學校長，開除校中六個學生自治會職員的時候[5]。其中的一個就是她，但是我不認識。直到後來，也許已經是劉百昭率領男女武將，強拖出校之後了，才有人指著一個學生告訴我，說：這就是劉和珍。其時，我才能將姓名和實體聯合起來，心中卻暗自詫異。

我平素想，能夠不為勢利所屈，反抗一廣有羽翼的校長的學生，無論如何，總該是有些桀驚鋒利的，但她卻常常微笑著，態度很溫和。待到偏安於宗帽胡同[6]，賃屋授課之後，她才始來聽我的講義，於是見面的回數就較多了，也還是始終微笑著，態度很溫和。待到學校恢復舊觀[7]，往日的教職員以為責任已盡，準備陸續引退的時候，我才見她慮及母校前途，黯然至於泣下。此後似乎就不相見。

總之，在我的記憶上，那一次就是永別了。

四

我在十八日早晨，才知道上午有群眾向執政府請願的事。下午便得到噩耗，說衛隊居然開槍，死傷至數百人，而劉和珍君即在遇害者之列。但我對於這些傳說，竟至於頗為懷疑。

我向來是不憚以最壞的惡意，來推測中國人的，然而我還不料，也不信竟會下劣兇殘到這地步。況且始終微笑著的和藹的劉和珍君，更何至於無端在府門前喋血呢？

然而即日證明是事實了，作證的便是她自己的屍骸。還有一具，是楊德群君的。而且又證明著這不但是殺害，簡直是虐殺，因為身體上還有棍棒的傷痕。

但段政府就有令，說她們是「暴徒」！

但接著就有流言，說她們是受人利用的。

慘象，已使我目不忍視了；流言，尤使我耳不忍聞。我還有什麼話可說呢？我懂得衰亡民族之所以默無聲息的緣由了。沉默呵，沉默呵！不在沉默中爆發，就在沉默中滅亡。

五

但是，我還有要說的話。

我沒有親見。聽說，她，劉和珍君，那時是欣然前往的。自然，請願而已，稍有人心者，誰也不會料到有這樣的羅網。但竟在執政府前中彈了，從背部入，斜穿心肺，已是致命的創傷，只是沒有便死。同去的張靜淑[8]君想扶起她，中了四彈，其一是手槍，立仆；同去的楊德群君又想去扶起她，也被擊，彈從左肩入，穿胸偏右出，也立仆。但她還能坐起來，一個兵在她頭部及胸部猛擊兩棍，於是死掉了。

始終微笑的和藹的劉和珍君確是死掉了，這是真的，有她自己的屍骸為證；沉勇而友愛的楊德群君也死掉了，有她自己的屍骸為證；只有一樣沉勇而友愛的張靜淑君還在醫院裡呻吟。當三個女子從容地轉輾於文明人所發明的槍彈的攢射中的時候，這是怎樣的一個驚心動魄的偉大呵！中國軍人的屠戮婦嬰的偉績，八國聯軍的懲創學生的武功，不幸全被這幾縷血痕抹殺了。

但是中外的殺人者卻居然昂起頭來，不知道個個臉上有著血污……。

六

時間永是流駛，街市依舊太平，有限的幾個生命，在中國是不算什麼的，至多，不過供無惡意的閒人以飯後的談資，或者給有惡意的閒人作「流言」的種子。至於此外的深的意義，我總覺得很寥寥，因為這實在不過是徒手的請願。人類的血戰前行的歷史，正如煤的形成，當時用大量的木材，結果卻只是一小塊，但請願是不在其中的，更何況是徒手。

然而既然有了血痕了，當然不覺要擴大。至少，也當浸漬了親族、師友、愛人的心，縱使時光流駛，洗成緋紅，也會在微漠的悲哀中永存微笑的和藹的舊影。陶潛[9]說過，「親戚或余悲，他人亦已歌，死去何所道，托體同山阿。」倘能如此，這也就夠了。

七

我已經說過：我向來是不憚以最壞的惡意來推測中國人的。但這回卻很有幾點出於我的意外。一是當局者竟會這樣地兇殘，一是流言家竟至如此之下劣，一是中國的女性臨難竟能如是之從容。

我目睹中國女子的辦事，是始於去年的，雖然是少數，但看那幹練堅決，百折不回的氣概，曾經屢次為之感嘆。至於這一回在彈雨中互相救助，雖殞身不恤的事實，則更足為中國女子的勇毅，雖遭陰謀秘計，壓抑至數千年，而終於沒有消亡的明證了。倘要尋求這一次死傷者對於將來的意義，意義就在此罷。

苟活者在淡紅的血色中，會依稀看見微茫的希望；真的猛士，將更奮然而前行。

嗚呼，我說不出話，但以此紀念劉和珍君！

四月一日

【注釋】

1 本篇最初發表於一九二六年四月十二日《語絲》週刊第七十四期。

2 劉和珍（一九〇四—一九二六） 江西南昌人，北京女子師範大學英文系學生。楊德群（一九〇二—一九二六），湖南湘陰人，北京女子師範大學國文系預科學生。

3 指程毅志，湖北孝感人，北京女子師範大學教育系學生。

4 文藝刊物，魯迅編輯。一九二五年四月二十四日創刊於北京。初為週刊，附《京報》發行，同年十一月二十七日出至第三十二期休刊。一九二六年一月十日改為半月刊，未名社出版。一九二六年八月魯迅離開北京後，由韋素園接編，一九二七年十二月二十五日出至第四十八期停刊。這裡所說的「毅然預定了《莽原》全年」，指《莽原》半月刊。

5 在北京女子師範大學學生反對校長楊蔭榆的風潮中，楊於一九二五年五月七日借召開「國恥紀念會」為名，強行登臺做主席，但立即為全場學生的噓聲所趕走。下午，她在西安飯店召集若干教員宴飲，陰謀迫害學生。九日，假借評議會名義開除許廣平、劉和珍、蒲振聲、張平江、鄭德音、姜伯諦等六個學生自治會職員。

6 反對楊蔭榆的女師大學生被趕出學校後，在西城宗帽胡同租賃房屋作為臨時校舍，於一九二五年九月二十一日開學。當時魯迅和一些進步教師曾去義務授課，表示支持。

7 女師大學生經過一年多的鬥爭，在社會進步力量的聲援下，於一九二五年十一月三十日遷回宣武門內石駙馬大街原址，宣告復校。

8 張靜淑（一九〇二—一九七八）：湖南長沙人，北京女子師範大學教育系學生。受傷後經醫治，幸得不死。

9 陶潛（三六五—四二七），字淵明，潯陽柴桑（即今江西九江）。晉代詩人。這裡引用的是他所作《輓歌》中的四句。

空談[1]

一

請願的事，我一向就不以為然的，但並非因為怕有三月十八日那樣的慘殺。那樣的慘殺，我實在沒有夢想到，雖然我向來常以「刀筆吏」的意思來窺測我們中國人。我只知道他們麻木，沒有良心，不足與言，而況是請願，而況又是徒手，卻沒有料到有這麼陰毒與兇殘。能逆料的，大概只有段祺瑞，賈德耀[2]，章士釗和他們的同類罷。四十七個男女青年的生命，完全是被騙去的，簡直是誘殺。

有些東西——我稱之為什麼呢，我想不出——說：群眾領袖應負道義上的責任[3]。這些東西彷彿就承認了對徒手群眾應該開槍，執政府前原是「死地」，死者就如自投羅網一般。

群眾領袖本沒有和段祺瑞等輩心心相印，也未曾互相鉤通，怎麼能夠料到這陰險的辣手。這樣的辣手，只要略有人氣者，是萬萬豫想不到的。

我以為倘要鍛鍊[4]群眾領袖的錯處，只有兩點：一是還以請願為有用；二是將對手看得太好了。

二

但以上也仍然是事後的話。我想，當這事實沒有發生以前，恐怕誰也不會料到要演這般的慘劇，至多，也不過獲得照例的徒勞罷了。只有有學問的聰明人能夠先料到，承認凡請願就是送死。

陳源教授的《閒話》說：「我們要是勸告女志士們，以後少加入群眾運動，她們一定要說我們輕視她們，所以我們也不敢來多嘴。可是對於未成年的男女孩童，我們不能不希望他們以後不再參加任何運動。」（《現代評論》六十八）為什麼呢？因為參加各種運動，是甚至於像這次一樣，要「冒槍林彈雨的險，受踐踏死傷之苦」的。

這次用了四十七條性命，只購得一種見識：本國的執政府前是「槍林彈雨」的地方，要去送死，應該待到成年，出於自願的才是。

我以為「女志士」和「未成年的男女孩童」，參加學校運動會，大概倒還不至於有很大的危險的。至於「槍林彈雨」中的請願，則雖是成年的男志士們，也應該切切記住，從此罷休！

看現在竟如何。不過多了幾篇詩文，多了若干談助。幾個名人和什麼當局者在接洽葬地，由大請願改為小請願了。埋葬自然是最妥當的收場。然而很奇怪，彷彿這四十七個死者，是因為怕老來死後無處埋葬，特來掙一點官地似的。萬生園多麼近，而四烈士[5]墳前還有三塊墓碑不鐫一字，更何況僻遠如圓明園。

死者倘不埋在活人的心中，那就真真死掉了。

三

改革自然常不免於流血，但流血非即等於改革。血的應用，正如金錢一般，吝嗇固然是不行的，浪費也大大的失算。

我對於這回的犧牲者，非常覺得哀傷。

但願這樣的請願，從此停止就好。

請願雖然是無論那一國度裡常有的事，不至於死的事，但我們已經知道中國是例外，除非你能將「槍林彈雨」消除。正規的戰法，也必須對手是英雄才適用。漢末總算還是人心很古的時候罷，恕我引一個小說上的典故：許褚赤體上陣，也就很中了好幾箭。而金聖嘆還笑他道：「誰叫你赤膊？」[6]

至於現在似的發明了許多火器的時代，交兵就都用壕塹戰。這並非吝惜生命，乃是不肯虛擲生命，因為戰士的生命是寶貴的。在戰士不多的地方，這生命就愈寶貴。所謂寶貴者，並非「珍藏於家」，乃是要以小本錢換得極大的利息，至少，也必須賣買相當。以血的洪流淹死一個敵人，以同胞的屍體填滿一個缺陷，已經是陳腐的話了。從最新的戰術的眼光看起來，這是多麼大的損失。

這回死者的遺給後來的功德，是在撕去了許多東西的人相，露出那出於意料之外的陰毒的心，教給繼續戰鬥者以別種方法的戰鬥。

四月二日

【注釋】

1 本篇最初發表於一九二六年四月十日《國民新報副刊》。

2 賈德耀：安徽合肥人。曾任北洋政府陸軍總長，三一八慘案的兇手之一，當時是段祺瑞臨時執政府的國務總理。

3 一九二六年三月二十二日，研究系機關報《晨報》發表陳淵泉寫的題為《群眾領袖安在》的社論，誣衊徐謙等「非迫群眾至國務院不可，竟捏報府院衛隊業已解除武裝，此行絕無危險，故一群青年始相率而往」。並公然叫嚷：「吾人在糾彈政府之餘，又不能不詰問所謂『群眾領袖』之責任。」

陳西瀅在《現代評論》第三卷第六十八期（一九二六年三月二十七日）評論三一八慘案的《閒話》中，也企圖把這次慘案的責任，推到他所說的「民眾領袖」身上去，說他「遇見好些人」，都說「那天在天安門開會後，他們本來不打算再到執政府。因為他們聽見主席宣布執政府的衛隊已經解除了武裝……所以又到執政府門前去瞧熱鬧。……我們不能不相信，至少有一部分人的死，是由主席的那幾句話。要是主席明明知道衛隊沒有解除武裝，他故意那樣說，他的罪孽當然不下於開槍殺人者；要是他誤聽流言，不思索調查，便信以為真，公然宣布，也未免太不負民眾領袖的責任。」

4 這裡是羅織罪名的意思。

5 指辛亥革命時炸袁世凱的楊禹昌、張先培、黃之萌和炸良弼的彭家珍四人。他們合葬於北京西直門外約二里的萬牲園（即今北京動物園），在張、黃、彭三人的墓碑上都沒有鐫上一個字。圓明園在北京西直門外二十餘里的海淀，是清朝皇帝避暑的地方，清咸豐十年（一八六〇）被侵入北京的英法聯軍焚毀。三一八慘案後，被難者家屬和北京一些團體、學校代表四十多人，於二十七日召開聯席會議，由民國大學校長雷殷報告，他認為公葬地點以圓明園為宜，並說已非正式地與內務總長屈映光商議，得到允諾等。會議遂決定成立「三一八殉難烈士公葬籌備處」，並擬葬各烈士於圓明園。

6 三國時曹操部下名將。「赤體上陣」的故事，見小說《三國演義》第五十九回《許褚裸衣鬥馬超》。清初毛宗崗《三國演義》評本，卷首有假託為金聖嘆所作的序，並有「聖嘆外書」字樣，每回前均附加評語，通常就都把這些評語認為是金聖嘆所作。金聖嘆（一六〇八－一六六一），名人瑞，江蘇吳縣人，明末清初文人，曾批註《水滸》、《西廂記》等書，他把所加的序文、讀法和評語等稱為「聖嘆外書」。

如此「討赤」[1]

京津間許多次大小戰爭，戰死了不知多少人，為「討赤」也[2]；執政府前開排槍，打死請願者四十七，傷百餘，通緝「率領暴徒」之徐謙等人五，為「討赤」也；奉天飛機三臨北京之空中[3]，擲下炸彈，殺兩婦人，傷一小黃狗，為「討赤」也。

京津間戰死之兵士和北京中被炸死之兩婦人和被炸傷之一小黃狗，是否即「赤」，尚無「明令」，下民不得而知。至於府前槍殺之四十七人，則第一「明令」已云有「誤傷」矣；京師地方檢察廳公函又云「此次集會請願宗旨尚屬正當，又無不正之行為」矣；而國務院會議又將「從優擬恤」[4]矣。然則徐謙們所率領的「暴徒」那裡去了呢？他們都有符咒，能避槍炮的麼？

總而言之：「討」則「討」矣了，而「赤」安在呢？

而「赤」安在，姑且勿論。歸根結蒂，「烈士」落葬，徐謙們逃亡，兩個俄款委員會委員[5]出缺。六日《京報》云：

「昨日九校教職員聯席會議代表在法政大學開會，查良釗主席，先報告前日因俄款委員會改組事，與教長胡仁源接洽之情形；次某代表發言，略云，政府此次擬以外教財三部事務官接充委員，同人應絕對反對，並非反對該項人員人格，實因俄款數目甚大，中國教育界仰賴甚深……。」[6]

又有一條新聞，題目是「五私大亦注意俄款委員會」云。

四十七人之死，有功於「中國教育界」良非淺尠。「從優擬恤」，誰曰不宜?!

而今而後，庶幾「中國教育界」中，不至於再稱異己者為「盧布黨」歟？

四月六日

【注釋】

1 本篇最初發表於一九二六年四月十日《京報副刊》。

2 指一九二六年春夏間，馮玉祥國民軍與奉系軍閥李景林、張宗昌所部直魯聯軍在京津間的戰爭。當時奉系軍閥稱國民軍為「赤化」，稱他們自己對國民軍的進攻為「討赤」。

3 一九二六年四月，在國民軍與奉軍作戰期間，國民軍駐守北京，奉軍飛機自二日起，連續三天飛臨北京投彈（作者此文寫於四月六日；此後奉軍飛機還曾到北京投彈數次）。奉天，遼寧省的舊稱，當時是奉系軍閥張作霖盤踞的地方。

4 段祺瑞執政府國務院於一九二六年三月二十日開會後，發布「撫恤令」說：「此次徐謙等率領暴徒，實行擾亂，自屬罪無可逭。惟當時群眾複雜，互相攻擊之時，或恐累及無辜，情屬可憫。著內務部行知地方官廳，分別查明撫恤。」

5 應為三人，參看本書〈可慘與可笑〉及其注10。

6 此段引自一九二六年四月五日《京報》（文中的「六日」應為「五日」）發表的《九校代表對改組俄委會意見》的新聞。九校，指當時的北京大學、工業大學、農業大學、醫科大學、法政大學、北京師範大學、北京女子師範大學、女子大學、藝術專門學校九所國立大學。下文的五私大，指當時北京的朝陽、民國、中國、平民、華北等五所私立大學。

無花的薔薇之三[1]

一

積在天津的紙張運不到北京，連印書也頗受戰爭的影響，我的舊雜感的結集《華蓋集》付印兩月了，排校還不到一半。

可惜先登了一個預告，以致引出陳源教授的「反廣告」來——

「我不能因為我不尊敬魯迅先生的人格，就不說他的小說好，我也不能因為佩服他的小說，就稱讚他其餘的文章。我覺得他的雜感，除了《熱風》中二三篇外，實在沒有一讀之價值。」[2]（《現代評論》七十一，《閒話》。）

這多麼公平！原來我也是「今不如古」了；《華蓋集》的銷路，比起《熱風》來，恐怕要較為悲觀。而且，我的作小說，竟不料是和「人格」無關的。「非人格」的一種文字，像新聞記事一般的，倒會使教授「佩服」，中國又彷彿日見其光怪陸離了似的，然則「實在沒有一讀之價值」的雜感，也許還要存在罷。

二

做那有名的小說《Don Quijote》的 M.de Cervantes 先生，窮則有之，說他像叫化子，可不過是一種特別流行於中國學者間的流言。他說 Don Quijote 看遊俠小說看瘋了，便自己去做俠客，打不平。他的親人知道是書籍作的怪，就請了間壁的理髮匠來檢查；理髮匠選出幾部好的留下來，其餘的便都燒掉了。[3]

大概是燒掉的罷，記不清楚了；也忘了是多少種。想來，那些入選的「好書」的作家們，當時看了這小說裡的書單，怕總免不了要面紅耳赤地苦笑的罷。

中國雖然似乎日見其光怪陸離了。然而，嗚乎哀哉！我們連「苦笑」也得不到。

三

有人從外省寄快信來問我平安否。他不熟於北京的情形，上了流言的當了。北京的流言報，是從袁世凱稱帝、張勳復辟、章士釗「整頓學風」以還，一脈相傳，歷來如此的。現在自然也如此。

第一步曰：某方要封閉某校，捕拿某人某人了。這是造給某校某人看，恐嚇恐嚇的。

第二步曰：某校已空虛，某人已逃走了。這是造給某方看，煽動煽動的。

又一步曰：某方已搜檢甲校，將搜檢乙校了。這是恐嚇乙校，煽動某方的。

「平生不作虧心事，夜半敲門不吃驚。」乙校不自心虛，怎能給恐嚇呢？然而，少安毋躁罷。還有一步曰：乙校昨夜通宵達旦，將赤化書籍完全焚燒矣。

於是甲校更正，說並未搜檢；乙校更正，說並無此項書籍云。

四

於是連衛道的新聞記者，圓穩的大學校長[4]也住進六國飯店，講公理的大報也摘去招牌，學校的號房也不賣《現代評論》：大有「火炎昆岡，玉石俱焚」[5]之概了。

其實是不至於此的，我想。不過，謠言這東西，卻確是造謠者本心所希望的事實，我們可以借此看看一部分人的思想和行為。

五

中華民國九年七月直皖戰爭開手；八月，皖軍潰滅，徐樹錚等九人避入日本公使館[6]。這時還點綴著一點小玩意，是有一些正人君子——不是現在的一些正人君子——去遊說直派武人，請他殺戮改革論者了。終於沒有結果；便是這事也早從人們的記憶上消去。但試去翻那年八月的《北京日報》，還可以看見一個大廣告，裡面是什麼大英雄得勝之後，必須廓清邪說，誅戮異端等類古色古香的名言。

那廣告是有署名的，在此也無須提出。但是，較之現在專躲在暗中的流言家，卻又不免令人有「今不如古」之感了。

我想，百年前比現在好，千年前比百年前好，萬年前比千年前好……特別在中國或者是確鑿的。

六

在報章的角落裡常看見對青年們的諄諄的教誡：敬惜字紙咧；留心國學咧；伊卜生[7]這樣，羅曼羅蘭那樣咧。時候和文字是兩樣了，但含義卻使我覺得很耳熟：正如我年幼時所聽過的耆宿的教誡一般。

這可彷彿是「今不如古」的反證了。但是，世事都有例外，對於上一節所說的事，這也算作一個例外罷。

五月六日

【注釋】

1 本篇最初發表於一九二六年五月十七日《語絲》週刊第七十九期。

2 此段引自陳西瀅在《現代評論》第三卷第七十一期(一九二六年四月十七日)發表的《閒話》。他在文中先舉《吶喊》作為中國新文學運動最初十年間的短篇小說的代表作品，接著就攻擊魯迅的雜文。

3 見塞凡提斯著《堂·吉訶德》第五、六章。關於說塞凡提斯「像叫化子」的話，參看本書〈不是信〉一文注40。

4 指成舍我、蔣夢麟等人。據一九二六年四月二十八日上海《時事新報》和同年五月一日廣州《嚮導》週報第一五一期報導，自標榜「撲滅赤化」的奉軍及直魯聯軍進占北京，並採取槍斃《京報》社長邵飄萍等嚴厲鎮壓手段後，北京報界和學界一片恐慌，《世界晚報》成舍我、《中美晚報》宋發祥和「素號穩健的北大代理校長蔣夢麟」等均先後逃匿。

5 語見《尚書·胤征》，好壞同歸於盡的意思。

6 指一九二〇年七月北洋軍閥直皖兩系之間的戰爭。直系軍閥以曹錕、吳佩孚等為首；皖系軍閥以段祺瑞、徐樹錚等為首。戰事於七月中旬開始，不數日皖軍潰敗；北洋政府於七月底免去段祺瑞一切職務，並通緝徐樹錚、曾毓雋、朱深、李思浩等十人。除李思浩外，其他九人都逃入日本公使館。下文所說的廣告，不見於《北京日報》；究係何報，未詳。

7 伊卜生(H.Ibsen，一八二八—一九〇六)：通譯易卜生，挪威劇作家。主要作品有《玩偶之家》《國民公敵》等。「五四」時期它們曾被介紹到中國來，在當時反對封建主義和婦女解放的鬥爭中，曾起過積極的作用。但是，作品中的個人主義思想和反群眾的情緒，也曾被胡適等利用來進行反動宣傳。

新的薔薇[1]

——然而還是無花的

因為《語絲》[2]在形式上要改成中本了，我也不想再用老題目，所以破格地奮發，要寫出「新的薔薇」來。

——這回可要開花了？

——嗡嗡，——不見得罷。

我早有點知道：我是大概以自己為主的。所談的道理是「我以為」的道理，所記的情狀是我所見的情狀。聽說一月以前，杏花和碧桃都開過了。我沒有見，我就不以為有杏花和碧桃。

——然而那些東西是存在的。——學者們怕要說。

——好！那麼，由它去罷。——這是我敬謹回稟學者們的話。

有些講「公理」的，說我的雜感沒有一看的價值。那是一定的。其實，他來看我的雜感，先就自己失了魂了，——假如也有魂。我的話倘會合於講「公理」者的胃口，我不也成了「公理維持會」會員了麼？我不也成了他，和其餘的一切會員了麼？我的話不就等於他們的話了麼？許多人和許多話不就等於一個人和一番話了麼？

公理是只有一個的。然而聽說這早被他們拿去了，所以我已經一無所有。

這回「北京城內的外國旗」，大約特別地多罷，竟使學者為之憤慨：「……至於東交民巷界線以外，無論中國人外國人，那就不能借插用外國國旗，以為保護生命財產的護符。」[3]這是的確的。「保護生命財產的護符」，我們自有「法律」在。

如果還不放心呢，那麼，就用一種更穩妥的旗子：紅卍字旗[4]。介乎中外之間，超於「無恥」和有恥之外，——確是好旗子！

從清末以來，「莫談國事」的條子貼在酒樓飯館裡，至今還沒有跟著辮子取消。所以，有些時候，難煞了執筆的人。

但這時卻可以看見一種有趣的東西，是：希望別人以文字得禍的人所做的文字。

聰明人的談吐也日見其聰明了。說三月十八日被害的學生是值得同情的，因為她本不願去而受了教職員的慫恿[5]。說「那些直接或間接用蘇俄的金錢的人」是情有可原的，因為「他們自己可以挨餓，老婆子女卻不能不吃飯呵！」[6]推開了甲而陷沒了乙，原諒了情而坐實了罪；尤其是他們的行動和主張，都見得一錢不值了。

然而聽說趙子昂的畫馬，卻又是鏡中照出來的自己的形相哩。

因為「老婆子女卻不能不吃飯」，於是自然要發生「節育問題」了。但是先前山格夫人[7]來華的時候，「有些志士」[8]卻又大發牢騷，說她要使中國人滅種。獨身主義現今尚為許多人所反對，節育也行不通。為赤貧的紳士計，目前最好的方法，我以為莫如弄一個有錢的女人做老婆。

我索性完全傳授了這個秘訣罷：口頭上，可必須說是為了「愛」。

「蘇俄的金錢」十萬元，這回竟弄得教育部和教育界發生糾葛了，因為大家都要一點[9]。這也許還是因為「老婆子女」之故罷。但這批盧布和那批盧布卻不一樣的。這是歸還的庚子賠款；是拳匪「扶清滅洋」，各國聯軍入京的餘澤[10]。

那年代很容易記：十九世紀末，一九〇〇年。二十六年之後，我們卻「間接」用了拳匪的金錢來給「老婆子女」吃飯；如果大師兄[11]有靈，必將爽然若失者歟。

還有，各國用到中國來做「文化事業」的，也是這一筆款……。

五月二十三日

【注釋】

1 本篇最初發表於一九二六年五月三十一日《語絲》週刊第八十一期。

2 文藝性週刊，最初由孫伏園等編輯。一九二四年十一月在北京創刊；一九二七年被奉系軍閥張作霖查禁，隨後移至上海續刊；一九三〇年三月出至第五卷第五十二期停刊。魯迅是主要撰稿者和支持者之一，並於該刊在上海出版後一度擔任編輯。參看《三閒集・我和〈語絲〉的始終》。這裡的「改成中本」，指《語絲》從八十一期起由十六開本改為二十開本。

3 《現代評論》第三卷第七十四期（一九二六年五月八日）時事短評欄有《北京城內的外國旗》一文，作者署名「召」（燕樹棠），其中說到一九二六年春夏間國民軍與奉軍作戰和段祺瑞執政府崩潰期間，北京「東交民巷界線以外」有人掛外國旗的事。文中空談「條約法律」，把依附帝國主義的軍閥政客和普通民眾不加區別地一概斥之為「托借外國國旗的勢力」，說這是「無恥的社會心理」的表現。

4 當時軍閥王芝祥等用佛教慈善團體的名義所組織的世界紅卍字會的會旗。

5 陳西瀅在《現代評論》第三卷第六十八期關於三一八慘案的《閒話》中，誣衊死難的女師大學生楊德群說：「楊女士湖南人，……平常很勤奮，開會運動種種，總不大參與。三月十八日她的學校出了一張布告，停課一日，叫學生們都去與會。楊女士還是不大願意去，半路又回轉。一個教職員勉強她去，她不得已去了。衛隊一放槍，楊女士也跟了大眾就跑，忽見友人某女士受傷，不能行動，她回身去救護她，也中彈死。」

但事實上，當日女師大並未「叫學生們都去與會」，而是學生自治會向教務處請准停課一日。《現代評論》第三卷第七十期（一九二六年四月十日）登有女師大學生雷榆、李慧等五人給陳西瀅的辯誣信，說明楊德群平時「實際參與種種愛國運動及其他婦女運動」，當日與同學們一同出校，「沿途散發傳單，意氣很激昂」，揭穿了陳西瀅的用心。

6 這是陳西瀅誣衊當時文化教育界進步人士的話。他在《現代評論》第三卷第七十四期發表的討論「節育問題」的《閒話》中說：「家累日重，需要日多，才智之士，也沒法可想，何況一般普通人，因此，依附軍閥和依附洋人便成了許多人唯一的路徑。就是有些志士，也常常不能免俗。……他們自己可以挨餓，老婆子女卻不能不吃飯呵！就是那些直接或間接用蘇俄金錢的人，也何嘗不是如此。」

7 山格夫人（M.Sanger）：通譯山額夫人，美國人。自一九一四年起，她從新馬爾薩斯主義的觀點出發，積極提倡節制生育運動。一九二二年四月曾來我國從事宣傳。

8 指那些反對節育宣傳的人。如一九二四年五月五日《晨報副刊》載署名懷素的《五千年之黃帝子孫從此絕矣》一文，曾引用安徽省立第二師範學校校長胡晉接的講演辭，其中說：「最新潮流之結果，果如何乎。吾一推究之，不禁毛髮森然，不寒而慄。蓋其結果，乃一極凶之現象，即『家破種滅國亡』是也。」「而又有山額夫人之制育方法，制育藥品，以為其助緣。此種新文化，如不能普及，則亦幸耳。多普及一人，即滅此一人之種。多普及一家，即滅此一家之種。若真普及全國，恐五千年之黃帝子孫，從此絕矣。」

9 一九二六年五月中旬，北洋政府教育部以首都教育經費困難，特向俄國退還庚子賠款委員會借撥十萬元，並擬將此款按照預算平均分配給北京國立大學、公立中小學、教育部及其分設機關。而當時北京大學等國立九校教職員則反對這種分配方法，認為此款只能用於北京專門以上學校，因而和教育部發生糾葛。

10 清末，我國北方爆發了以農民、手工業工人為主的反對帝國主義的義和團運動。他們採用落後迷信的組織方式和鬥爭方法，設立拳會，練習拳棒，因而被當時統治階級和帝國主義誣衊為「拳匪」。義和團開始提出的口號是「反清滅洋」，後來一些領導人把口號改為「扶清滅洋」。一九〇〇年（庚子），俄、德、美、英、法、日、意、奧八個帝國主義國家組織侵華聯軍，殘酷地鎮壓了義和團運動，並攻占北京，迫使清王朝於一九〇一年九月簽訂了賣國的《辛丑條約》，索取四億五千萬兩白銀的巨額賠款，這就是所謂「庚子賠款」。十月革命後，蘇俄政府決定退還「庚子賠款」中尚未付給的部分。

11 義和團中較小的頭領。義和團練拳，約以二十五人為一團，每團立一頭領，稱為大師兄。

再來一次[1]

去年編定《熱風》時，還有紳士們所謂「存心忠厚」之意，很刪削了好幾篇。但有一篇，卻原想編進去的，因為失掉了稿子，便只好從缺。現在居然尋出來了；待《熱風》再版時，添上這篇，登一個廣告，使迷信我的文字的讀者們再買一本，於我倒不無裨益。但是，算了罷，這實在不很有趣。不如再登一次，將來收入雜感第三集，也就算作補遺罷。

這是關於章士釗先生的——

「兩個桃子殺了三個讀書人」

章行嚴先生在上海批評他之所謂「新文化」說，「二桃殺三士」怎樣好，「兩個桃子殺了三個讀書人」便怎樣壞，而歸結到新文化之「是亦不可以已乎？」[2]

是亦大可以已者也！「二桃殺三士」並非僻典，舊文化書中常見的。但既然是「誰能為此謀？相國齊晏子。」我們便看看《晏子春秋》[3]罷。

《晏子春秋》現有上海石印本，容易入手的了，這古典就在該石印本的卷二之內。大意是「公孫接田開疆古冶子事景公，以勇力搏虎聞，晏子過而趨，三子者不起，」於是晏老先生以為無禮，和景公說，要除去他們了。那方法是請景公使人送他們兩個桃子，說道，「你三位就照著功勞吃桃罷。」呵，這可就鬧起來了：

「公孫接仰天而嘆曰，『晏子，智人也，夫使公之計吾功者，不受桃，是無勇也。士眾而桃寡，何不計功而食桃矣？接一搏猏而再搏虎，若接之功，可以食桃而無與人同矣。』援桃而起。

「田開疆曰，『吾仗兵而卻三軍者再。若開疆之功，可以食桃而無與人同矣。』援桃而起。

「古冶子曰，『吾嘗從君濟於河，黿銜左驂以入砥柱之流。當是時也，冶少不能游，潛行逆流百步，順流九里，得黿殺之，左操驂尾，右挈黿頭，鶴躍而出。津人皆曰，河伯也；若冶視之，則大黿之首。若冶之功，可以食桃而無與人同矣！二子何不反桃？』抽劍而起。」

抄書太討厭。總而言之，後來那二士自愧功不如古冶子，自殺了；古冶子不願獨生，也自殺了：於是乎就成了「二桃殺三士」。

我們雖然不知道這三士於舊文化有無心得，但既然書上說是「以勇力聞」，便不能說他們是「讀書人」。倘使《梁父吟》[4]說是「二桃殺三勇士」，自然更可了然，可惜那是五言詩，不能增字，所以不得不作「二桃殺三士」，於是也就害了章行嚴先生解作「兩個桃子殺了三個讀書人」。

舊文化也實在太難解，古典也誠然太難記，而那兩個舊桃子也未免太作怪：不但那時使三個讀書人因此送命，到現在還使一個讀書人因此出醜，「是亦不可以已乎」！

去年，因為「每下愈況」[5]問題，我曾經很受了些自以為公平的青年的教訓，說是因為他革去了我的「簽事」，我便那麼奚落他。現在我在此只得特別聲明：這還是一九二三年九月所作，登在《晨報副刊》上的。那時的《晨報副刊》，編輯尚不是陪過泰戈爾先生的「詩哲」，也還未負有逼死別人，掐死自己的使命，所以間或也登一點我似的俗人的文章[6]；而我那時和這位後來稱為「孤桐先生」的，也毫無「睚眥之怨」[7]。那「動機」[8]，大概不過是想給白話的流行幫點忙。

在這樣「禍從口出」之秋，給自己也辯護得周到一點罷。或者將曰，且夫這次來補遺，卻有「打落水狗」之嫌，「動機」就很「不純潔」了。然而我以為也並不。自然，和不多時以前，士釗秘長運籌帷幄，假公濟私，謀殺學生，通緝異己之際，「正人君子」時而相幫譏笑著被緝諸人的逃亡，時而「孤桐先生」「孤桐先生」叫得熱剌剌地的時候一比較，目下誠不免有落寞之感。但據我看來，他其實並未落水，不過「安住」在租界裡而已[9]：北京依舊是他所豢養過的東西在張牙舞爪，他所勾結著的報館在顛倒是非，他所栽培成的女校在興風作浪：依然是他的世界。

在「桃子」上給一下小打擊，豈遂可與「打落水狗」同日而語哉?!

但不知怎的，這位「孤桐先生」竟在《甲寅》上辯起來了，以為這不過是小事。這是真的，不過是小事[10]。弄錯一點，又何傷乎？即使不知道晏子，不知道齊國，於中國也無損。農民誰懂得《梁父吟》呢，農業也仍然可以救國的[11]。但我以為攻擊白話的豪舉，可也大可以不必了；將白話來代文言，即使有點不妥，反正也不過是小事情。

我雖然未曾在「孤桐先生」門下鑽，沒有看見滿桌滿床滿地的什麼德文書的榮幸，但偶然見到他所發表的「文言」，知道他於法律的不可恃，道德習慣的並非一成不變，文字語言的必有變遷，其實倒是懂得的。懂得而照直說出來的，便成為改革者；懂得而不說，反要利用以欺瞞別人的，便成為「孤桐先生」及其「之流」。他的保護文言，內骨子也不過是這樣。

如果我的檢驗是確的，那麼，「孤桐先生」大概也就染了《閒話》所謂「有些志士」的通病，為「老婆子女」所累了，此後似乎應該另買幾本德文書，來講究「節育」。

五月二十四日

【注釋】

1 本篇最初發表於一九二六年六月十日《莽原》半月刊第十一期。

2 章士釗（行嚴）關於「二桃殺三士」的一段話，見他在一九二三年八月發表於上海《新聞報》的《評新文化運動》一文：「夫語以耳辨。徒資口談。文以目辨。更貴成誦。則其取音之繁簡連截。有其自然。不可強混。如園有桃。筆之於書。詞義俱完。今日此於語未合也。必曰園裡有桃子樹。二桃殺三士。譖之於詩。節奏甚美。今日此於白話無當也。必曰兩個桃子殺了三個讀書人。是亦不可以已乎。」

3 撰人不詳。內容是記載春秋時齊國大夫晏嬰（平仲）的言行。這裡所引的一段，見該書卷二《諫》下。

4 亦作《梁甫吟》，樂府楚調曲名。此篇係樂府古辭（舊題諸葛亮作，不確），魯迅上文所引「誰能為此謀？相國齊晏子。」為詩中的最末兩句。「相國」一作「國相」。

5 語見《莊子．知北遊》。章太炎《新方言．釋詞》：「愈況，猶愈甚也。」章士釗在《甲寅》週刊第一卷第三號（一九二五年八月一日）的《孤桐雜記》中，將這個成語錯用成「每況愈下」：「嘗論明清相嬗。士氣驟衰。……民國承清，每況愈下。」魯迅在《莽原》週刊第十九期（一九二五年八月二十八日）《答 K S 君》（後收入《華蓋集》）一文中，曾對此予以嘲諷。

6 《「兩個桃子殺了三個讀書人」》一文，發表於一九二三年九月十四日的《晨報副刊》（署名雪之），其時編輯為孫伏園；一九二五年十月一日起才由徐志摩（即文中說的「詩哲」）編輯。關於「逼死別人，掐死自己」的話，參看本書〈不是信〉一文注17。

7 意即小小的仇恨。語見《史記．范雎傳》：「一飯之德必償，睚眥之怨必報。」陳西瀅在《現代評論》第三卷第七十期（一九二六年四月十日）發表《楊德群女士事件》一文，以答覆女師大學生雷榆等五人為三一八慘案烈士楊德群辯誣的信，其中暗指魯迅說：「因為那『楊女士不大願意去』一句話，有些人在許多文章裡就說我的罪狀比執政府衛隊還大！比軍閥還凶！……不錯，我曾經有一次在生氣的時候揭穿過有些人的真面目，可是，難道四五十個死者的冤可以不雪，睚眥之仇卻不可不報嗎？」

8 陳西瀅在《現代評論》第二卷第四十八期（一九二五年十一月七日）《閒話》中說：「一件藝術品的產生，除了純粹的創作衝動，是不是常常還夾雜著別種動機？是不是應當夾雜著別種不純潔的動機？……年輕的人，他們觀看文藝美術是用十二分虔敬的眼光的，一定不願意承認創造者的動機是不純粹的吧。可是，看一看古今中外的各種文藝美術品，我們不能不說它們的產生的動機都是混雜的。」

9 一九二六年春夏之交，馮玉祥國民軍在直奉軍閥的聯合進攻下，準備放棄北京。段祺瑞趁機陰謀與奉系軍閥裡應外合，趕走馮軍。四月十日凌晨，駐守北京的國民軍包圍段宅和執政府，段聞訊後即逃往東交民巷。隨著段祺瑞的倒臺，章士釗也逃到天津租界。

10 章士釗在《甲寅》週刊第一卷第九號（一九二五年九月十二日）上重新刊載他所作的《評新文化運動》一文，前面加了一段按語，其中說：「北京報紙。屢以文中士與讀書人對舉。為不合情實。意謂二桃之士。乃言勇士。非讀書人。此等小節。寧關謀篇本旨。且不學曰學。其理彼乃蒙然。又可哂也。」

11 農業也仍然可以救國的：這是針對章士釗所謂農業救國論而說的。章曾一再鼓吹什麼「農村立國」，如在《甲寅》週刊第一卷第二十六號（一九二六年一月九日）發表的《農國辨》一文中說：「凡所剿襲於工國浮濫不切之諸法。不論有形無形。姑且放棄。返求諸農。先安國本。而後於以拙勝巧之中。徐圖捍禦外侮之道。庶乎其可。」

為半農題記《何典》後，作[1]

還是兩三年前，偶然在光緒五年（一八七九）印的《申報館書目續集》上看見《何典》[2]題要，這樣說：

「《何典》十回。是書為過路人編定，纏夾二先生評，而太平客人為之序。書中引用諸人，有曰活鬼者，有曰窮鬼者，有曰活死人者，有曰臭花娘者，有曰畔房小姐者：閱之已堪噴飯。況閱其所記，無一非三家村俗語；無中生有，忙裡偷閒。其言，則鬼話也；其人，則鬼名也；其事，則開鬼心，扮鬼臉，釣鬼火，做鬼戲，搭鬼棚也。語曰，『出於何典』？而今而後，有人以俗語為文者，曰『出於《何典》』而已矣。」

疑其頗別致，於是留心訪求，但不得；常維鈞[3]多識舊書肆中人，因托他搜尋，仍不得。今年半農[4]告我已在廠甸[5]廟市中無意得之，且將校點付印；聽了甚喜。此後半農便將校樣陸續寄來，並且說希望我做一篇短序，他知道我是至多也只能做短序的。然而我還很躊躕，我總覺得沒有這種本領。我以為許多事是做的人必須有這一門特長的，這才做得好。譬如，標點只能讓汪原放[6]，做序只能推胡適之，出版只能由亞東圖書館；劉半農，李小峰[7]，我，皆非其選也。然而我卻決定要寫幾句。為什麼呢？只因為我終於決定要寫幾句了。

還未開手，而躬逢戰爭，在炮聲和流言當中，很不寧帖，沒有執筆的心思。夾著是得知又有文士之徒在什麼報上罵半農了，說《何典》廣告[8]怎樣不高尚，不料大學教授而竟墮落至於斯。這頗使我淒然，因為由此記起了別的事，而且也以為「不料大學教授而竟墮落至於斯」。從此一見《何典》，便感到苦痛，再也說不出一句話。

是的，大學教授要墮落下去。無論高的或矮的，白的或黑的，或灰的。不過有些是別人謂之墮落，而我謂之困苦。我所謂困苦之一端，便是失了身分。我曾經做過《論「他媽的！」》早有青年道德家烏煙瘴氣地浩嘆過了，還講身分麼？但是也還有些講身分。我雖然「深惡而痛絕之」於那些戴著面具的紳士，卻究竟不是「學匪」世家；見了所謂「正人君子」固然決定搖頭，但和歪人奴子相處恐怕也未必融洽。用了無差別的眼光看，大學教授做一個滑稽的，或者甚而至於誇張的廣告何足為奇？就是做一個滿嘴「他媽的」的廣告也何足為奇？

然而呀，這裡用得著然而了，我是究竟生在十九世紀的，又做過幾年官，和所謂「孤桐先生」同部，官——上等人——氣驟不易退，所以有時也覺得教授最相宜的也還是上講臺。又要然而了，然而必須有夠活的薪水，兼差倒可以。這主張在教育界大概現在已經有一致贊成之望，去年在什麼公理會上一致攻擊兼差的公理維持家，今年也頗有一聲不響地去兼差的了，不過「大報」上決不會登出來，自己自然更未必做廣告。

半農到德法研究了音韻好幾年，我雖然不懂他所做的法文書，只知道裡面很夾些中國字和高高低低的曲線，但總而言之，書籍具在，勢必有人懂得。所以他的正業，我以為也還是將這些曲線教給學生們。可是北京大學快要關門大吉了[9]；他兼差又沒有。那麼，即使我是怎樣的十足上等人，也不能反對他印賣書。既要印賣，自然想多銷，既想多銷，自然要做廣告，既做廣告，自然要說好。難道有自己印了書，卻發廣告說這書很無聊，請列位不必看的麼？說我的雜感無一讀之價值的廣告，那是西瀅（即陳源）做的。——順便在此給自己登一個廣告罷：陳源何以給我登這樣的反廣告的呢，只要一看我的《華蓋集》就明白。主顧諸公，看呀！快看呀！每本大洋六角，北新書局發行。

想起來已經有二十多年了，以革命為事的陶煥卿[10]，窮得不堪，在上海自稱會稽先生，教人催眠術以糊口。有一天他問我，可有什麼藥能使人一嗅便睡去的呢？我明知道他怕施術不驗，求助於藥物了。其實呢，在大眾中試驗催眠，本來是不容易成功的。我又不知道他所尋求的妙藥，愛莫能助。兩三月後，報章上就有投書（也許是廣告）出現，說會稽先生不懂催眠術，以此欺人。清政府卻比這幹鳥人靈敏得多，所以通緝他的時候，有一聯對句道：「著《中國權力史》，學日本催眠術。」

《何典》快要出版了，短序也已經迫近交卷的時候。夜雨瀟瀟地下著，提起筆，忽而又想到用麻繩做腰帶的困苦的陶煥卿，還夾雜些和《何典》不相干的思想。但序文已經迫近了交卷的時候，只得寫出來，而且還要印上去。我並非將半農比附「亂黨」，——現在的中華民國雖由革命造成，但許多中華民國國民，都仍以那時的革命者為亂黨，是明明白白的，——不過說，在此時，使我回憶從前，念及幾個朋友，並感到自己的依然無力而已。

但短序總算已經寫成，雖然不像東西，卻究竟結束了一件事。我還將此時的別的心情寫下，並且發表出去，也作為《何典》的廣告。

五月二十五日之夜，碰著東壁下，書

【注釋】

1 本篇最初發表於一九二六年六月七日《語絲》週刊第八十二期。

2 一部運用俗諺寫成的、帶有諷刺而流於油滑的章回體小說，共十回，清光緒四年（一八七八）上海申報館出版。編著者「過路人」原名張南莊，清代上海人；評者「纏夾二先生」原名陳得仁，清代長洲（今江蘇吳縣）人。一九二六年六月，劉復（半農）將此書標點重印，魯迅曾為作題記（後收入《集外集拾遺》）。

3 常惠，字維鈞，河北宛平（今北京豐台區）人，北京大學法文系畢業，曾任北大《歌謠》週刊編輯。

4 劉復（一八九一—一九三四），字半農，江蘇江陰人，歷任北京大學教授、北平大學女子文理學院院長等職。他曾參加《新青年》的編輯工作，是新文學運動初期重要作家之一。後留學法國，研究語音學，思想漸趨保守。參看《且介亭雜文·憶劉半農君》。著有詩集《揚鞭集》、《半農雜文》等。

5 北京地名，位於和平門外琉璃廠。過去每年夏曆正月初一至十五日傳統的廟市期間，這裡有許多臨時擺設的舊書攤。

6 汪原放（一八九七—一九八〇），安徽績溪人。「五四」以後，曾標點《水滸傳》等小說若干種，由上海亞東圖書館出版；每種前大抵都有胡適（適之）所作的序。

7 李小峰（一八九七—一九七一），江蘇江陰人，北京大學哲學系畢業，曾參加新潮社和語絲社，當時是上海北新書局主持者之一。

8 載於《語絲》第七十至七十五期。前三期只刊登「放屁放屁，真正豈有此理」數語，未提《何典》書名。從七十三期（一九二六年四月五日）起，廣告開頭才是「吳稚暉先生的老師（《何典》）出版預告」，其中引用了吳稚暉的一段話：「我只讀他（按指《何典》）開頭兩句……從此便打破了要做陽湖派古文家的迷夢，說話自由自在得多。不曾屈我做那野蠻文學家，乃我生平之幸。他那開頭兩句，便是『放屁放屁，真正豈有此理』。用這種精神，才能得言論的真自由，享言論的真幸福。」

9 一九二六年春夏間，由於段祺瑞政府長期不發教育經費，國立九所大學都未能開學。北京大學在三月十五日召開教職員評議會，決定如不發一個月欠薪，生活無法維持，不能開課（見一九二六年三月十七日《京報》）。後雖勉強開學，但教員請假者日必數十。不久，教務會議即議決，提前於六月一日舉行學年考試，以便早日結束。這裡說的「北京大學快要關門大吉」，即指此。

10 陶煥卿（一八七八—一九一二），名成章，字煥卿，別署會稽山人，浙江紹興人。清末革命家，光復會領袖之一。著有《中國民族權力消長史》、《浙案紀略》及《催眠術講義》等。

馬上日記[1]

◇豫序

在日記還未寫上一字之前，先做序文，謂之豫序。

我本來每天寫日記，是寫給自己看的；大約天地間寫著這樣日記的人們很不少。假使寫的人成了名人，死了之後便也會印出；看的人也格外有趣味，因為他寫的時候不像做《內感篇》外冒篇[2]似的須擺空架子，所以反而可以看出真的面目來。我想，這是日記的正宗嫡派。

我的日記卻不是那樣。寫的是信札往來，銀錢收付，無所謂面目，更無所謂真假。例如：

二月二日晴，得A信；B來。

三月三日雨，收C校薪水X元，覆D信。

一行滿了，然而還有事，因為紙張也頗可惜，便將後來的事寫入前一天的空白中。總而言之：是不很可靠的。但我以為B來是在二月一，或者二月二，其實不甚有關係，即便不寫也無妨；而實際上，不寫的時候也常有。我的目的，只在記上誰有來信，以便答覆，或者何時答覆過，尤其是學校的薪水，收到何年何月的幾成幾了，零零星星，總是記不清楚，必須有一筆帳，以便檢查，庶幾乎兩不含糊，我也知道自己有多少債放在外面，萬一將來收清之後，要成為怎樣的一個小富翁。此外呢，什麼野心也沒有了。

吾鄉的李慈銘[3]先生，是就以日記為著述的，上自朝章，中至學問，下迄相罵，都記錄在那裡面。果然，現在已有人將那手跡用石印印出了，每部五十元，在這樣的年頭，不必說學生，就是先生也無從買起。那日記上就記著，當他每裝成一函的時候，早就有人借來借去的傳鈔了，正不必老遠的等待「身後」。這雖然不像日記的正脈，但若有志在立言，意存褒貶，欲人知而又畏人知的，卻不妨模仿著試試。什麼做了一點白話，便說是要在一百年後發表的書裡面的一篇，真是其蠢臭為不可及也。

我這回的日記，卻不是那樣的「有厚望焉」[4]的，也不是原先的很簡單的，現在還沒有，想要寫起來。四五天以前看見半農，說是要編《世界日報》的副刊去，你得寄一點稿[5]。那自然是可以的嘍。然而稿子呢？這可著實為難。看副刊的大抵是學生，都是過來人，做過什麼「學而時習之不亦說乎論」或「人心不古議」的，一定知道做文章是怎樣的味道。有人說我是「文學家」，其實並不是的，不要相信他們的話，那證據，就是我也最怕做文章。

然而既然答應了，總得想點法。想來想去，覺得感想倒偶爾也有一點的，平時接著一懶，便擱下，忘掉了。如果馬上寫出，恐怕倒也是雜感一類的東西。於是乎我就決計：一想到，就馬上寫下來，馬上寄出去，算作我的畫到簿。因為這是開首就準備給第三者看的，所以恐怕也未必很有真面目，至少，不利於己的事，現在總還要藏起來。願讀者先明白這一點。

如果寫不出，或者不能寫了，馬上就收場。所以這日記要有多麼長，現在一點不知道。

一九二六年六月二十五日，記於東壁下

◇六月二十五日

晴

生病。——今天還寫這個，彷彿有點多事似的。因為這是十天以前的事，現在倒已經可以算得好起來了。不過餘波還沒有完，所以也只好將這作為開宗明義章第一。謹案才子立言，總須大嚷三大苦難：一曰窮，二曰病，三曰社會迫害我。那結果，便是失掉了愛人；若用專門名詞，則謂之失戀。

我的開宗明義雖然近似第二大苦難，實際上卻不然，倒是因為端午節前收了幾文稿費，吃東西吃壞了，從此就不消化，胃痛。我的胃的八字[6]不見佳，向來就擔不起福澤的。也很想看醫生。中醫，雖然有人說是玄妙無窮，內科尤為獨步，我可總是不相信。西醫呢，有名的看資貴，事情忙，診視也潦草，無名的自然便宜些，然而我總還有些躊躕。事情既然到了這樣，當然只好聽憑敝胃隱隱地痛著了。

自從西醫割掉了梁啟超的一個腰子以後，責難之聲就風起雲湧了，連對於腰子不很有研究的文學家[7]也都「仗義執言」。同時，「中醫了不得論」也就應運而起；腰子有病，何不服黃蓍歟？什麼有病，何不吃鹿茸歟？但西醫的病院裡確也常有死屍抬出。我曾經忠告過G先生：你要開醫院，萬不可收留些看來無法挽回的病人；治好了走出，沒有人知道，死掉了抬出，就哄動一時了，尤其是死掉的如果是「名流」。我的本意是在設法推行新醫學，但G先生卻似乎以為我良心壞。這也未始不可以那麼想，——由他去罷。

但據我看來，實行我所說的方法的醫院可很有，只是他們的本意卻並不在要使新醫學通行。新的本國的西醫又大抵模模糊糊，一出手便先學了中醫一樣的江湖訣，和水的龍膽丁幾兩日份八角；漱口的淡硼酸水每瓶一元。至於診斷學呢，我似的門外漢可不得而知。總之，西方的醫學在中國還未萌芽，便已近於腐敗。我雖然只相信西醫，近來也頗有些望而卻步了。

前幾天和季茀[8]談起這些事，並且說，我的病，只要有熟人開一個方就好，用不著向什麼博士化冤錢。第二天，他就給我請了正在繼續研究的Dr.H.[9]了。開了一個方，自然要用稀鹽酸，還有兩樣這裡無須說；我所最感謝的是又加些Sirup Simpel[10]使我喝得甜甜的，不為難。向藥房去配藥，可又成為問題了，因為藥房也不免有模模糊糊的，他所沒有的藥品，也許就替換，或者竟刪除。結果是托Fraeulein H.[11]遠遠地跑到較大的藥房去。

這樣一辦，加上車錢，也還要比醫院的藥價便宜到四分之三。

胃酸得了外來的生力軍，強盛起來，一瓶藥還未喝完，痛就停止了。我決定多喝它幾天。但是，第二瓶卻奇怪，同一的藥房，同一的藥方，藥味可是不同一了；不像前一回的甜，也不酸。我檢查我自己，並不發熱，舌苔也不厚，這分明是藥水有些蹊蹺。喝了兩回，壞處倒也沒有；幸而不是急病，不大要緊，便照例將它喝完。去買第三瓶時，卻附帶了嚴重的質問；那回答是：也許糖分少了一點罷。這意思就是說緊要的藥品沒有錯。中國的事情真是稀奇，糖分少一點，不但不甜，連酸也不酸了，的確是「特別國情」[12]。

現在多攻擊大醫院對於病人的冷漠，我想，這些醫院，將病人當作研究品，大概是有的，還有在院裡的「高等華人」，將病人看作下等研究品，大概也是有的。不願意的，只好上私人所開的醫院去，可是診金藥價都很貴。請熟人開了方去買藥呢，藥水也會先後不同起來。

這是人的問題。做事不切實，便什麼都可疑。呂端[13]大事不糊塗，猶言小事不妨糊塗點，這自然很足以顯示我們中國人的雅量，然而我的胃痛卻因此延長了。在宇宙的森羅萬象中，我的胃痛當然不過是小事，或者簡直不算事。質問之後的第三瓶藥水，藥味就同第一瓶一樣了。先前的悶葫蘆，到此就很容易打破，就是那第二瓶裡，是只有一日分的藥，卻加了兩日分的水的，所以藥味比正當的要薄一半。

雖然連吃藥也那麼蹭蹬，病卻也居然好起來了。病略見好，H就攻擊我頭髮長，說為什麼不趕快去剪髮。

這種攻擊是聽慣的，照例「著毋庸議」。但也不想用功，只是清理抽屜。翻翻廢紙，其中有一束紙條，是前幾年抄寫的；這很使我覺得自己也日懶一日了，現在早不想做這類事。那時大概是想要做一篇攻擊近時印書，胡亂標點之謬的文章的，廢紙中就抄有很奇妙的例子。要塞進字紙簍裡時，覺得有幾條總還是愛不忍釋，現在抄幾條在這裡，馬上印出，以便「有目共賞」罷。其餘的便作為換取火柴之助——

「國朝陳錫路黃鈷餘話云。唐傅奕考覈道經眾本。有項羽妾。本齊武平五年彭城人。開項羽妾塚。得之。」（上海進步書局石印本《茶香室叢鈔》卷四第二頁。）

「國朝歐陽泉點勘記云。歐陽修醉翁亭。記讓泉也。本集及滁州石刻。並同諸選本。作釀泉。誤也。」（同上卷八第七頁。）

「袁石公典試秦中。後頗自悔。其少作詩文。皆粹然一出於正。」（上海士林精舍石印本《書影》卷一第四頁。）

「考……順治中，秀水又有一陳忱，……著誠齋詩集，不出戶庭，錄讀史隨筆，同姓名錄諸書。」（上海亞東圖書館排印本《水滸續集兩種序》第七頁。）

標點古文，確是一種小小的難事，往往無從下筆；有許多處，我常疑心即使請作者自己來標點，怕也不免於遲疑。但上列的幾條，卻還不至於那麼無從索解。末兩條的意義尤顯豁，而標點也弄得更聰明。[14]

◇六月二十六日

晴。

上午，得霽野[15]從他家鄉寄來的信，話並不多，說家裡有病人，別的一切人也都在毫無防備的將被疾病襲擊的恐怖中；末尾還有幾句感慨。

午後，織芳[16]從河南來，談了幾句，匆匆忙忙地就走了，放下兩個包，說這是「方糖」[17]，送你吃的，怕不見得好。織芳這一回有點發胖，又這麼忙，又穿著方馬褂，我恐怕他將要做官了。

打開包來看時，何嘗是「方」的，卻是圓圓的小薄片，黃棕色。吃起來又涼又細膩，確是好東西。但我不明白織芳為什麼叫它「方糖」？但這也就可以作為他將要做官的一證。

景宋[18]說這是河南一處什麼地方的名產，是用柿霜做成的；性涼，如果嘴角上生些小瘡之類，用這一搽，便會好。怪不得有這麼細膩，原來是憑了造化的妙手，用柿皮來濾過的。可惜到他說明的時候，我已經吃了一大半了。連忙將所餘的收起，預備將來嘴角上生瘡的時候，好用這來搽。

夜間，又將藏著的柿霜糖吃了一大半，因為我忽而又以為嘴角上生瘡的時候究竟不很多，還不如現在趁新鮮吃一點。

不料一吃，就又吃了一大半了。

◇六月二十八日

晴，大風。

上午出門，主意是在買藥，看見滿街掛著五色國旗；軍警林立。走到豐盛胡同中段，被軍警驅入一條小胡同中。少頃，看見大路上黃塵滾滾，一輛摩托車[19]馳過；少頃，又是一輛；少頃，又是一輛；又是一輛；又是一輛……。車中人看不分明，但見金邊帽。車邊上掛著兵，有的背著紮紅綢的板刀；小胡同中人都肅然有敬畏之意。又少頃，摩托車沒有了，我們漸漸溜出，軍警也不作聲。

溜到西單牌樓大街，也是滿街掛著五色國旗，軍警林立。

一群破衣孩子，各各拿著一把小紙片，叫道：歡迎吳玉帥[20]號外呀！一個來叫我買，我沒有買。

將近宣武門口，一個黃色制服，汗流滿面的漢子從外面走進來，忽而大聲道：草你媽！許多人都對他看，但他走過去了，許多人也就不看了。走進宣武門城洞下，又是一個破衣孩子拿著一把小紙片，但卻默默地將一張塞給我，接來一看，是石印的李國恆先生的傳單，內中大意，是說他的多年痔瘡，已蒙一個國手叫作什麼先生的醫好了。

到了目的地的藥房時，外面正有一群人圍著看兩個人的口角；一柄淺藍色的舊洋傘正擋住藥房門。我推那洋傘時，斤量很不輕；終於傘底下回過一個頭來，問我「幹什麼？」我答說進去買藥。他不作聲，又回頭去看口角去了，洋傘的位置依舊。我只好下了十二分的決心，猛力衝鋒；一衝，可就衝進去了。

藥房裡只有帳桌上坐著一個外國人，其餘的店夥都是年輕的同胞，服飾乾淨漂亮。不知怎地，我忽而覺得十年以後，他們便都要變為高等華人，而自己卻現在就有下等人之感。於是乎恭恭敬敬地將藥方和瓶子捧呈給一位分開頭髮的同胞。

「八毛五分。」他接了，一面走，一面說。

「喂！」我實在耐不住，下等脾氣又發作了。藥價八毛，瓶子錢照例五分，我是知道的。現在自己帶了瓶子，怎麼還要付五分錢呢？這一個「喂」字的功用就和國罵的「他媽的」相同，其中含有這麼多的意義。

「八毛！」他也立刻懂得，將五分錢讓去，真是「從善如流」，有正人君子的風度。

我付了八毛錢，等候一會，藥就拿出來了。我想，對付這一種同胞，有時是不宜於太客氣的。於是打開瓶塞，當面嘗了一嘗。

「沒有錯的。」他很聰明，知道我不信任他。

「唔。」我點頭表示贊成。其實是，還是不對，我的味覺不至於很麻木，這回覺得太酸了一點了，他連量杯也懶得用，那稀鹽酸分明已經過量。然而這於我倒毫無妨礙的，我可以每回少喝些，或者對上水，多喝它幾回。所以說「唔」；「唔」者，介乎兩可之間，莫明其真意之所在之答話也。

「回見回見！」我取了瓶子，走著說。

「回見。不喝水麼？」

「不喝了。回見。」

我們究竟是禮教之邦的國民，歸根結蒂，還是禮讓。讓出了玻璃門之後，在大毒日頭底下的塵土中趲行，行到東長安街左近，又是軍警林立。我正想橫穿過去，一個巡警伸手攔住道：不成！我說只要走十幾步，到對面就好了。他的回答仍然是：不成！那結果，是從別的道路繞。

繞到L君[21]的寓所前，便打門，打出一個小使來，說L君出去了，須得午飯時候才回家。我說，也快到這個時候了，我在這裡等一等罷。他說：不成！你貴姓呀？這使我很狼狽，路既這麼遠，走路又這麼難，白走一遭，實在有些可惜。我想了十秒鐘，便從衣袋裡挖出一張名片來，叫他進去稟告太太，說有這麼一個人，要在這裡等一等，可以不？約有半刻鐘，他出來了，結果是：也不成！先生要三點鐘才回來哩，你三點鐘再來罷。

又想了十秒鐘，只好決計去訪C君，仍在大毒日頭底下的塵土中趲行，這回總算一路無阻，到了。打門一問，來開門的答道：去看一看可在家。我想：這一次是大有希望了。果然，即刻領我進客廳，C君也跑出來。我首先就要求他請我吃午飯。於是請我吃麵包，還有葡萄酒；主人自己卻吃麵。那結果是一盤麵包被我吃得精光，雖然另有奶油，可是四碟菜也所餘無幾了。

吃飽了就講閒話，直到五點鐘。

客廳外是很大的一塊空地方，種著許多樹。一株蘋果樹下常有孩子們徘徊；C君說，那是在等候蘋果落下來的；因為有定律：誰拾得就歸誰所有。我很笑孩子們耐心，肯做這樣的迂遠事。然而奇怪，到我辭別出去時，我看見三個孩子手裡已經各有一個蘋果了。

回家看日報，上面說：「……吳在長辛店留宿一宵。除上述原因外，尚有一事，係吳由保定啟程後，張其鍠曾為吳卜一課，謂二十八日入京大利，必可平定西北。二十七日入京欠佳。吳頗以為然。此亦吳氏遲一日入京之由來也。」[22]因此又想起我今天「不成」了大半天，運氣殊屬欠佳，不如也卜一課，以覘晚上的休咎罷。但我不明卜法，又無筮龜，實在無從措手。後來發明了一種新法，就是隨便拉過一本書來，閉了眼睛，翻開，用手指指下去，然後張開眼，看指著的兩句，就算是卜辭。

用的是《陶淵明集》，如法炮製，那兩句是：「寄意一言外，茲契誰能別。」[23]詳了一會，竟不知道是怎麼一回事。

【注釋】

1 本篇最初連續發表於一九二六年七月五日、八日、十日、十二日北京《世界日報副刊》。

2 段祺瑞曾著《二感篇》，發表在《甲寅》週刊第一卷第十八號（一九二五年十一月十四日），分《內感》與《外感》兩篇。「內感」是對國內時局的感想；「外感」是對國際時局的感想。在《內感》篇內，他大談封建的「道德仁義」，滿含殺機地說：「最奇特者。人之所無。而我更有澎湃之學潮。可謂新之又新。……不加裁制。胡可以安良善。鄭子產曰。水懦民玩多死焉。故瑞的諷刺。

唐堯四凶之殛。孔子少正卯之誅。……不得已而出此。是必有故。」這裡的「外冒篇」是對段祺瑞的諷刺。

3 李慈銘（一八三〇—一八九四），字悉伯，號羌蓴客，浙江會稽（今紹興）人，清末文學家。所著《越縵堂日記》，商務印書館於一九二〇年影印出版。

4 一九二六年四月中旬，段祺瑞在逃往天津前發出八道「命令」。第一道「嚴禁赤化」中說：「惟是共產之禍，舉國非之，及今不圖，何以為國，尚望各省軍民長官，國內耆舊，設法消弭，勿任滋蔓，有厚望焉。」這裡是順筆對段的諷刺。

5 一九二五年二月一日創刊於北京。成舍我主辦。一九二六年六月中旬，該報請劉半農編輯副刊。據《魯迅日記》，劉在六月十八日訪作者約稿。作者便自六月二十五日起為該刊寫了《馬上日記》等文。

6 舊時用天干（甲乙丙丁戊己庚辛壬癸）地支（子丑寅卯辰巳午未申酉戌亥）相配，來記一個人出生的年、月、日、時，各得兩字，合為「八字」。迷信認為根據這八個字可推算人的命運禍福。

7 指陳西瀅、徐志摩等。一九二六年三月，梁啟超因尿血症在北京協和醫院診治，由醫生割去右腎後，不但血未全清，連病源也未查出。當時陳西瀅為此寫了兩篇《閒話》（刊於五月十五日、二十二日《現代評論》第三卷第七十五、七十六期），徐志摩也寫過一篇《我們病了怎麼辦？》（五月二十九日《晨報副刊》），一起對開刀的醫生加以指責和嘲弄。

陳西瀅在《現代評論》第七十六期的《閒話》中說：「我們朋友的裡面，曾經有過被西醫所認為毫無希望，而一經中醫醫治，不半月便霍然病癒的人，而且不止一二位。」這裡的「中醫了不得論」，即指此類言論。

8 許壽裳（一八八二—一九四八），字季茀，浙江紹興人，教育家。作者留學日本弘文學院時的同學，其後又在教育部、北京女子師範大學、中山大學等處同事多年，與作者友情甚篤。抗日戰爭勝利後，在臺灣大學任教。因傾向民主和宣傳魯迅，致遭國民黨反動派所忌，於一九四八年二月十八日深夜被刺殺於臺北。著有《魯迅年譜》、《亡友魯迅印象記》、《我所認識的魯迅》等。

9 指許詩堇，許壽裳兄許銘伯之子。《魯迅日記》一九二六年六月十九日載：「上午，季市、詩堇來，為立一方治胃病。」

10 德語：純糖漿。

11 德語，H女士（即許廣平）。參看本書〈廈門通信〉一文注2。

12 這是一九一五年袁世凱陰謀復辟帝制時，他的憲法顧問美國人古德諾散布的一種謬論。古德諾於該年八月十日的北京《亞細亞日報》發表一篇《共和與君主論》一文，聲稱中國自有「特別國情」，不宜實行民主政治，應恢復君主政體，為袁世凱稱帝制造輿論。這裡借作對藥房欺詐行為的譏諷。

13 呂端（九三三—九九八），字易直，河北安次人，宋太宗時為宰相。《宋史．呂端傳》說：「太宗欲相端，或曰：『端為人糊塗。』太宗曰：『端小事糊塗，大事不糊塗。』決意相之。」

14 各條標點，應如下：

「國朝陳錫路《黃嬭餘話》云：唐傅奕考奕道經眾本，有項羽妾本；齊武平五年，彭城人開項羽妾塚，得之。」

「國朝歐陽泉《點勘記》云：歐陽修《醉翁亭記》『讓泉也』，本集及滁州石刻並同；諸選本作『釀泉』，誤也。」

「袁石公典試秦中後，頗自悔其少作；詩文皆粹然一出於正。」

「考……順治中，秀水又有一陳忱，……著《誠齋詩集》、《不出戶庭錄》、《讀史隨筆》、《同姓名錄》諸書。」

15 李霽野，安徽霍丘人，未名社成員，翻譯家。譯有劇本《往星中》（安特來夫）、小說《被侮辱與被損害的》（陀思妥耶夫斯基），著有短篇小說集《影》及《回憶魯迅先生》等。

16 即荆有麟。他曾在北京世界語專門學校聽過魯迅的課，當時以「文學青年」的面貌在文學、新聞界活動。後來參加國民黨反動派特務組織，長期進行反革命活動。

17 即霜糖，河南開封附近各縣名產。這些地區的口音讀「霜」為「方」。

18 許廣平（一八九八－一九六八），筆名景宋，廣東番禺人，北京女子師範大學畢業，魯迅夫人。著有《欣慰的紀念》、《關於魯迅的生活》、《遭難前後》、《魯迅回憶錄》等。

19 這裡指小汽車。

20 指北洋直系軍閥吳佩孚（字子玉）。一九二六年春他與奉系軍閥張作霖聯合進攻國民軍，四月，國民軍失敗退出北京等地，他便在這時來到北京。

21 指劉復（半農）。下文的C君，指齊宗頤（壽山）。據《魯迅日記》一九二六年六月二十八日載：「晴。……往信昌藥房買藥。訪劉半農不值。訪壽山。」

22 這一段報導見一九二六年六月二十八日《世界日報》所載的「本報特訊」。張其鍠，吳佩孚的秘書長。

23 語見陶潛《癸卯歲十二月中作與從弟敬遠》一詩。

馬上支日記[1]

前幾天會見小峰，談到自己要在半農所編的副刊上投點稿，那名目是《馬上日記》。小峰憮然曰，回憶歸在《舊事重提》[2]中，目下的雜感就寫進這日記裡面去……。意思之間，似乎是說：你在《語絲》上做什麼呢？——但這也許是我自己的疑心病。

我那時可暗暗地想：生長在敢於吃河豚的地方的人，怎麼也會這樣拘泥？政黨會設支部，銀行會開支店，我就不會寫支日記的麼？因為《語絲》上須投稿，而這暗想馬上就實行了，於是乎作支日記。

◇六月二十九日

晴。

早晨被一個小蠅子在臉上爬來爬去爬醒，趕開，又來；趕開，又來；而且一定要在臉上的一定的地方爬。打了一回，打它不死，只得改變方針：自己起來。

記得前年夏天路過S州[3]，那客店裡的蠅群卻著實使人驚心動魄。飯菜搬來時，它們先追逐著賞鑒；夜間就停得滿屋，我們就枕，必須慢慢地，小心地放下頭去，倘若猛然一躺，驚動了它們，便轟的一聲，飛得你頭昏眼花，一敗塗地。

到黎明，青年們所希望的黎明，那自然就照例地到你臉上來爬來爬去了。但我經過街上，看見一個孩子睡著，五六個蠅子在他臉上爬，他卻睡得甜甜的，連皮膚也不牽動一下。在中國過活，這樣的訓練和涵養工夫是萬不可少的。與其鼓吹什麼「捕蠅」[4]，倒不如練習這一種本領來得切實。

什麼事都不想做。不知道是胃病沒有全好呢，還是缺少了睡眠時間。仍舊懶懶地翻翻廢紙，又看見幾條《茶香室叢鈔》[5]式的東西。已經團入字紙簍裡的了，又覺得「棄之不甘」，挑一點關於《水滸傳》[6]的，移錄在這裡罷——

宋洪邁《夷堅甲志》[7]十四云：「紹興二十五年，吳傳朋說除守安豐軍，自番陽遣一卒往呼吏士，行至舒州境，見村民穰穰，十百相聚，因弛擔觀之。其人曰，吾村有婦人為虎銜去，其夫不勝憤，獨攜刀往探虎穴，移時不反，今謀往救也。久之，民負死妻歸，云，初尋跡至穴，虎牝牡皆不在，有二子戲岩竇下，即殺之，而隱其中以俟。少頃，望牝者銜一人至，倒身入穴，不知人藏其中也。吾急持尾，斷其一足。虎棄所銜人，踉蹡而竄；徐出視之，果吾妻也，死矣。虎曳足行數十步，墮澗中。吾復入竇伺，牡者俄咆躍而至，亦以尾先入，又如前法殺之。妻冤已報，無憾矣。乃邀鄰里往視，輿四虎以歸，分烹之。」

案《水滸傳》敘李逵沂嶺殺四虎事，情狀極相類，疑即本此等傳說作之。《夷堅甲志》成於乾道初（一一六五），此條題云《舒民殺四虎》。

宋莊季裕《雞肋編》[8]中云：「浙人以鴨兒為大諱。北人但知鴨羹雖甚熱，亦無氣。後至南方，乃始知鴨若只一雄，則雖合而無卵，須二三始有子，其以為諱者，蓋為是耳，不在於無氣也。」案《水滸傳》敘鄆哥向武大索麥稃，「武大道：『我屋裡又不養鵝鴨，那裡有這麥稃？』鄆哥道：『你說沒麥稃，怎地棧得肥月奆月奆地，便顛倒提起你來也不妨，煮你在鍋裡也沒氣？』武大道：『含鳥猢猻！倒罵得我好。我的老婆又不偷漢子，我如何是鴨？』……」鴨必多雄始孕，蓋宋時浙中俗說，今已不知。然由此可知《水滸傳》確為舊本，其著者則浙人；雖莊季裕，亦僅知鴨羹無氣而已。《雞肋編》有紹興三年（一一三三）序，去今已將八百年。

元陳泰《所安遺集》《江南曲序》云：「余童卯時，聞長老言宋江事，未究其詳。至治癸亥秋九月十六日，過梁山泊，舟遙見一峰，嵂嵂雄跨，問之篙師，曰，此安山也，昔宋江事處，絕湖為池，闊九十里，皆蕖荷菱芡，相傳以為宋妻所植。宋之為人，勇悍狂俠，其黨如宋者三十六人。至今山下有分贓台，置石座三十六所，俗所謂『去時三十六，歸時十八雙』，意者其自誓之辭也。始予過此，荷花彌望，今無復存者，惟殘香相送耳。因記王荊公詩云：『三十六陂春水，白頭想見江南。』味其詞，作《江南曲》以敘遊歷，且以慰宋妻種荷之意云。（原注：曲因蠹損無存。）」

案宋江有妻在梁山濼中，且植芰荷，僅見於此；而謂江勇悍狂俠，亦與今所傳性格絕殊，知《水滸》故事，宋元來異說多矣。泰字志同，號所安，茶陵人，延祐甲寅（一三一四），以《天馬賦》中省試第十二名，會試賜乙卯科張起岩榜進士第，由翰林庶起士改授龍南令，卒官。至曾孫朴，始集其遺文為一卷。成化丁未，來孫[9]銓等又並補遺重刊之。《江南曲》即在補遺中，而失其詩。近《涵芬樓秘笈》第十集收金侃[10]手寫本，則並序失之矣。「舟遙見一峰」及「昔宋江事處」二句，當有脫誤，未見別本，無以正之。

◇七月一日

晴。

上午，空六[11]來談；全談些報紙上所載的事，真偽莫辨。

許多工夫之後，他走了，他所談的我幾乎都忘記了，等於不談。只記得一件：據說吳佩孚大帥在一處宴會的席上發表，查得赤化的始祖乃是蚩尤，因為「蚩」「赤」同音，所以蚩尤即「赤尤」，「赤尤」者，就是「赤化之尤」的意思[12]；說畢，合座為之「歡然」云。

太陽很烈，幾盆小草花的葉子有些垂下來了，澆了一點水。田媽忠告我：澆花的時候是每天必須一定的，不能亂；一亂，就有害。我覺得有理，便躊躇起來；但又想，沒有人在一定的時候來澆花，我又沒有一定的澆花的時候，如果遵照她的學說，那些小花可只好曬死罷了。即使亂澆，總勝於不澆；即使有害，總勝於曬死罷。便繼續澆下去，但心裡自然也不大踴躍。下午，葉子都直起來了，似乎不甚有害，這才放了心。

燈下太熱，夜間便在暗中呆坐著，涼風微動，不覺也有些「歡然」。人倘能夠「超然象外」[13]，看看報章，倒也是一種清福。我對於報章，向來就不是博覽家，然而這半年來，已經很遇見了些銘心絕品。遠之，則如段祺瑞執政的《二感篇》，張之江督辦的《整頓學風電》[14]，陳源教授的《閒話》；近之，則如丁文江督辦（？）的自稱「書呆子」演說[15]，胡適之博士的英國庚款答問[16]，牛榮聲先生的「開倒車」論（見《現代評論》七十八期）[17]，孫傳芳督軍的與劉海粟先生論美術書[18]。但這些比起赤化源流考來，卻又相去不可以道里計。

今年春天，張之江督辦明明有電報來贊成槍斃赤化嫌疑的學生，而弄到底自己還是逃不出赤化。這很使我莫明其妙；現在既知道蚩尤是赤化的祖師，那疑團可就冰釋了。蚩尤曾打炎帝，炎帝也是「赤魁」。炎者，火德也，火色赤；帝不就是首領麼？所以三一八慘案，即等於以赤討赤，無論那一面，都還是逃不脫赤化的名稱。

這樣巧妙的考證天地間委實不很多，只記得先前在日本東京時，看見《讀賣新聞》上逐日登載著一種大著作，其中有黃帝即亞伯拉罕的考據[19]。大意是日本稱油為「阿蒲拉」（Abura），油的顏色大概是黃的，所以「亞伯拉」就是「黃」。至於「帝」，是與「罕」形近，還是與「可汗」音近呢，我現在可記不真確了，總之：阿伯拉罕即油帝，油帝就是黃帝而已。篇名和作者，現在也都忘卻，只記得後來還印成一本書，而且還只是上卷。但這考據究竟還過於彎曲，不深究也好。

◇七月二日

晴。

午後，在前門外買藥後，繞到東單牌樓的東亞公司閒看。

這雖然不過是帶便販賣一點日本書，可是關於研究中國的就已經很不少。因為或種限制，只買了一本安岡秀夫所作的《從小說看來的支那民族性》[20]就走了，是薄薄的一本書，用大紅深黃做裝飾的，價一元二角。

傍晚坐在燈下，就看看那本書，他所引用的小說有三十四種，但其中也有其實並非小說和分一部為幾種的。蚊子來叮了好幾口，雖然似乎不過一兩個，但是坐不住了，點起蚊煙香來，這才總算漸漸太平下去。

安岡氏雖然很客氣，在緒言上說，「這樣的也不僅只支那人，便是在日本，怕也有難於漏網的。」但是，「一測那程度的高下和範圍的廣狹，則即使誇稱為支那的民族性，也毫無應該顧忌的處所」，所以從支那人的我看來，的確不免汗流浹背。只要看目錄就明白了：一，總說；二，過度置重於體面和儀容；三，安運命而肯甘休；四，能耐能忍；五，乏同情心多殘忍性；六，個人主義和事大主義；七，過度的儉省和不正的貪財；八，泥虛禮而尚虛文；九，迷信深；十，耽享樂而淫風熾盛。

他似乎很相信 Smith 的《Chinese Characteristics》[21]，常常引為典據。這書在他們，二十年前就有譯本，叫作《支那人氣質》；但是支那人的我們卻不大有人留心它。第一章就是 Smith 說，以為支那人是頗有點做戲氣味的民族，精神略有亢奮，就成了戲子樣，一字一句，一舉手一投足，都裝模裝樣，出於本心的分量，倒還是撐場面的分量多。這就是因為太重體面了，總想將自己的體面弄得十足，所以敢於做出這樣的言語動作來。總而言之，支那人的重要的國民性所成的複合關鍵，便是這「體面」。

我們試來博觀和內省，便可以知道這話並不過於刻毒。相傳為戲臺上的好對聯，是「戲場小天地，天地大戲場」。大家本來看得一切事不過是一齣戲，有誰認真的，就是蠢物。但這也並非專由積極的體面，心有不平而怯於報復，也便以萬事是戲的思想了之。萬事既然是戲，則不平也非真，而不報也非怯了。所以即使路見不平，不能拔刀相助，也還不失其為一個老牌的正人君子。

我所遇見的外國人，不知道可是受了 Smith 的影響，還是自己實驗出來的，就很有幾個留心研究著中國人之所謂「體面」或「面子」。但我覺得，他們實在是已經早有心得，而且應用了，倘若更加精深圓熟起來，則不但外交上一定勝利，還要取得上等「支那人」的好感情。這時須連「支那人」三個字也不說，代以「華人」，因為這也是關於「華人」的體面的。

我還記得民國初年到北京時，郵局門口的扁額是寫著「郵政局」的，後來外人不干涉中國內政的叫聲高起來，不知道是偶然還是什麼，不幾天，都一律改了

「郵務局」了。外國人管理一點郵「務」，實在和內「政」不相干，這一齣戲就一直唱到現在。

向來，我總不相信國粹家道德家之類的痛哭流涕是真心，即使眼角上確有珠淚橫流，也須檢查他手巾上可浸著辣椒水或生薑汁。什麼保存國故，什麼振興道德，什麼維持公理，什麼整頓學風……心裡可真是這樣想？一做戲，則前臺的架子，總與在後臺的面目不相同。但看客雖然明知是戲，只要做得像，也仍然能夠為它悲喜，於是這齣戲就做下去了；有誰來揭穿的，他們反以為掃興。

中國人先前聽到俄國的「虛無黨」三個字，便嚇得屁滾尿流，不下於現在之所謂「赤化」。其實是何嘗有這麼一個「黨」；只是「虛無主義者」或「虛無思想者」卻是有的，是都介涅夫[22]（I.Turgeniev）給創立出來的名目，指不信神，不信宗教，否定一切傳統和權威，要復歸那出於自由意志的生活的人物而言。但是，這樣的人物，從中國人看來也就已經可惡了。然而看看中國的一些人，至少是上等人，他們的對於神，宗教，傳統的權威，是「信」和「從」呢，還是「怕」和「利用」？只要看他們的善於變化，毫無特操，是什麼也不信從的，但總要擺出和內心兩樣的架子來。

要尋虛無黨，在中國實在很不少；和俄國的不同的處所，只在他們這麼想，便這麼說，這麼做，我們的卻雖然這麼想，卻是那麼說，在後臺這麼做，到前臺又那麼做……。將這種特別人物，另稱為「做戲的虛無黨」或「體面的虛無黨」以示區別罷，雖然這個形容詞和下面的名詞萬萬聯不起來。

夜，寄品青[23]信，托他向孔德學校去代借《閭邱辨囿》[24]。

夜半，在決計睡覺之前，從日曆上將今天的一張撕去，下面這一張是紅印的。我想，明天還是星期六，怎麼便用紅字了呢？仔細看時，有兩行小字道：「馬廠誓師再造共和紀念」[25]。我又想，明天可掛國旗呢？……於是，不想什麼，睡下了。

◇七月三日

晴。

熱極，上半天玩，下半天睡覺。

晚飯後在院子裡乘涼，忽而記起萬牲園，因此說：那地方在夏天倒也很可看，可惜現在進不去了。田媽就談到那管門的兩個長人，說最長的一個是她的鄰居，現在已經被美國人雇去，往美國了，薪水每月有一千元。

這話給了我一個很大的啟示。我先前看見《現代評論》上保舉十一種好著作，楊振聲先生的小說《玉君》即是其中的一種，理由之一是因為做得「長」[26]。我於這理由一向總有些隔膜，到七月三日即「馬廠誓師再造共和紀念」的晚上這才明白了：「長」，是確有價值的。《現代評論》的以「學理和事實」並重自許，確也說得出，做得到。

今天到我的睡覺時為止，似乎並沒有掛國旗，後半夜補掛與否，我不知道。

◇七月四日

晴。

早晨，仍然被一個蠅子在臉上爬來爬去爬醒，仍然趕不走，仍然只得自己起來。品青的回信來了，說孔德學校沒有《閭邱辨囿》。

也還是因為那一本《從小說看來的支那民族性》。因為那裡面講到中國的餚饌，所以也就想查一查中國的餚饌。我於此道向來不留心，所見過的舊記，只有《禮記》裡的所謂「八珍」[27]，《酉陽雜俎》[28]裡的一張御賜菜帳和袁枚名士的《隨園食單》[29]。元朝有和斯輝的《飲饌正要》[30]，只站在舊書店頭翻了一翻，大概是元版的，所以買不起。唐朝的呢，有楊煜的《膳夫經手錄》[31]，就收在《閭邱辨囿》中。現在這書既然借不到，只好拉倒了。

近年嘗聽到本國人和外國人頌揚中國菜，說是怎樣可口，怎樣衛生，世界上第一，宇宙間第N。但我實在不知道怎樣的是中國菜。我們有幾處是嚼蔥蒜和雜合麵餅，有幾處是用醋，辣椒，醃菜下飯；還有許多人是只能舐黑鹽，還有許多人是連黑鹽也沒得舐。中外人士以為可口，衛生，第一而第N的，當然不是這些；應該是闊人，上等人所吃的餚饌。但我總覺得不能因為他們這麼吃，便將中國菜考列一等，正如去年雖然出了兩三位「高等華人」，而別的人們也還是「下等」的一般。

安岡氏的論中國菜，所引據的是威廉士的《中國》[32]（《Middle Kingdom by Williams》），在最末《耽享樂而淫風熾盛》這一篇中。其中有這麼一段——

「這好色的國民，便在尋求食物的原料時，也大概以所想像的性欲底效能為目的。從國外輸入的特殊產物的最多數，就是認為含有這種效能的東西。……在大宴會中，許多菜單的最大部分，即是想像為含有或種特殊的強壯劑底性質的奇妙的原料所做。……」

我自己想，我對於外國人的指摘本國的缺失，是不很發生反感的，但看到這裡卻不能不失笑。筵席上的中國菜誠然大抵濃厚，然而並非國民的常食；中國的闊人誠然很多淫昏，但還不至於將餚饌和壯陽藥並合。「紂雖不善，不如是之甚也。」[33]研究中國的外國人，想得太深，感得太敏，便常常得到這樣——比「支那人」更有性底敏感——的結果。

安岡氏又自己說——

「筍和支那人的關係，也與蝦正相同。彼國人的嗜筍，可謂在日本人以上。雖然是可笑的話，也許是因為那挺然翹然的姿勢，引起想像來的罷。」

會稽至今多竹。竹，古人是很寶貴的，所以曾有「會稽竹箭」[34]的話。然而寶貴它的原因是在可以做箭，用於戰鬥，並非因為它「挺然翹然」像男根。多竹，即多筍；因為多，那價錢就和北京的白菜差不多。我在故鄉，就吃了十多年筍，現在回想，自省，無論如何，總是絲毫也尋不出吃筍時，愛它「挺然翹然」

的思想的影子來。因為姿勢而想像它的效能的東西是有一種的，就是肉蓯蓉[35]，然而那是藥，不是菜。總之，筍雖然常見於南邊的竹林中和食桌上，正如街頭的電桿和屋裡的柱子一般，雖「挺然翹然」，和色欲的大小大概是沒有什麼關係的。

然而洗刷了這一點，並不足證明中國人是正經的國民。要得結論，還很費周折罷。可是中國人偏不肯研究自己。安岡氏又說，「去今十餘年前，有……稱為《留東外史》[36]這一種不知作者的小說，似乎是記事實，大概是以惡意地描寫日本人的性底不道德為目的的。然而通讀全篇，較之攻擊日本人，倒是不識不知地將支那留學生的不品行，特地費了力招供出來的地方更其多，是滑稽的事。」這是真的，要證明中國人的不正經，倒在自以為正經地禁止男女同學，禁止模特兒這些事件上。

我沒有恭逢過奉陪「大宴會」的光榮，只是經歷了幾回中宴會，吃些燕窩魚翅。現在回想，宴中宴後，倒也並不特別發生好色之心。但至今覺得奇怪的，是在燉、蒸、煨的爛熟的餚饌間，夾著一盤活活的醉蝦。據安岡氏說，蝦也是與性欲有關係的；不但從他，我在中國也聽到過這類話。然而我所以為奇怪的，是在這兩極端的錯雜，宛如文明爛熟的社會裡，忽然分明現出茹毛飲血的蠻風來。

而這蠻風，又並非將由蠻野進向文明，乃是已由文明落向蠻野，假如比前者為白紙，將由此開始寫字，則後者便是塗滿了字的黑紙罷。一面制禮作樂，尊孫讀經，「四千年聲明文物之邦」，真是火候恰到好處了，而一面又坦然地放火殺人，姦淫擄掠，做著雖蠻人對於同族也還不肯做的事……全個中國，就是這樣的一席大宴會！

我以為中國人的食物，應該去掉煮得爛熟，萎靡不振的；也去掉全生，或全活的。應該吃些雖然熟，然而還有些生的帶著鮮血的肉類……。

正午，照例要吃午飯了，討論中止。菜是：乾菜，已不「挺然翹然」的筍乾，粉絲，醃菜。對於紹興，陳源教授所憎惡的是「師爺」和「刀筆吏的筆尖」，我所憎惡的是飯菜。

《嘉泰會稽志》[37]已在石印了，但還未出版，我將來很想查一查，究竟紹興遇著過多少回大饑饉，竟這樣地嚇怕了居民，彷彿明天便要到世界末日似的，專喜歡儲藏乾物品。有菜，就曬乾；有魚，也曬乾；有豆，又曬乾；有筍，又曬得它不像樣；菱角是以富於水分，肉嫩而脆為特色的，也還要將它風乾……。聽說探險北極的人，因為只吃罐頭食物，得不到新東西，常常要生壞血病；倘若紹興人肯帶了乾菜之類去探險，恐怕可以走得更遠一點罷。

晚，得喬峰[38]信並叢蕪所譯的布寧[39]的短篇《輕微的欷歔》稿，在上海的一個書店裡默默地躺了半年，這回總算設法討回來了。

中國人總不肯研究自己。從小說來看民族性，也就是一個好題目。此外，則道士思想（不是道教，是方士）與歷史上大事件的關係，在現今社會上的勢力；孔教徒怎樣使「聖道」變得和自己的無所不為相宜；戰國遊士說動人主的所謂「利」「害」是怎樣的，和現今的政客有無不同；中國從古到今有多少文字獄；歷來「流言」的製造散布法和效驗等等……可以研究的新方面實在多。

◇七月五日

晴。

晨，景宋將《小說舊聞鈔》的一部分理清送來。自己再看了一遍，到下午才畢，寄給小峰付印。天氣實在熱得可以。

覺得疲勞。晚上，眼睛怕見燈光，熄了燈躺著，彷彿在享福。聽得有人打門，連忙出去開，卻是誰也沒有，跨出門去根究，一個小孩子已在暗中逃遠了。關了門，回來，又躺下，又彷佛在享福。一個行人唱著戲文走過去，餘音嫋嫋，道，「咿，咿，咿！」不知怎地忽然想起今天校過的《小說舊聞鈔》裡的強汝詢[40]老先生的議論來。這位先生的書齋就叫作求有益齋，則在那齋中寫出來的文章的內容，也就可想而知。他自己說，誠不解一個人何以無聊到要做小說，看小說。但於古小說的判決卻從寬，因為他古，而且昔人已經著錄了。

憎惡小說的也不只是這位強先生，諸如此類的高論，隨在可以聞見。但我們國民的學問，大多數卻實在靠著小說，甚至於還靠著從小說編出來的戲文。雖是崇奉關岳[41]的大人先生們，倘問他心目中的這兩位「武聖」的儀表，怕總不免是細著眼睛的紅臉大漢和五綹長鬚的白面書生，或者還穿著繡金的緞甲，脊樑上還插著四張尖角旗。

近來確是上下同心，提倡著忠孝節義了，新年到廟市上去看年畫，便可以看見許多新制的關於這類美德的圖。然而所畫的古人，卻沒有一個不是老生，小生，老旦，小旦，末，外，花旦……。

◇七月六日

晴。

午後，到前門外去買藥。配好之後，付過錢，就站在櫃檯前喝了一回份。其理由有三：一，已經停了一天了，應該早喝；二，嘗嘗味道，是否不錯的；三，天氣太熱，實在有點口渴了。

不料有一個買客卻看得奇怪起來。我不解這有什麼可以奇怪的；然而他竟奇怪起來了，悄悄地向店夥道：

「那是戒煙藥水罷？」

「不是的！」店夥替我維持名譽。

「這是戒大煙的罷？」他於是直接地問我了。

我覺得倘不將這藥認作「戒煙藥水」，他大概是死不瞑目的。人生幾何，何必固執，我便似點非點的將頭一動，同時請出我那「介乎兩可之間」的好回答來：「唔唔……。」

這既不傷店夥的好意，又可以聊慰他熱烈的期望，該是一帖妙藥。果然，從此萬籟無聲，天下太平，我在安靜中塞好瓶塞，走到街上了。

到中央公園[42]，徑向約定的一個僻靜處所，壽山[43]已先到，略一休息，便開手對譯《小約翰》[44]。這是一本好書，然而得來卻是偶然的事。大約二十年前，我在日本東京的舊書店頭買到幾十本舊的德文文學雜誌，內中有著這書的紹介和作者的評傳，因為那時剛譯成德文。覺得有趣，便托丸善書店去買來了；想譯，沒有這力。後來也常常想到，但總為別的事情岔開；直到去年，才決計在暑假中將它譯好，並且登出廣告去，而不料那一暑假過得比別的時候還艱難。今年又記得起來，翻檢一過，疑難之處很不少，還是沒有這力。問壽山可肯同譯，他答應了，於是開手；並且約定，必須在這暑假期中譯完。

晚上回家，吃了一點飯，就坐在院子裡乘涼。田媽告訴我，今天下午，斜對門的誰家的婆婆和兒媳大吵了一通嘴。據她看來，婆婆自然有些錯，但究竟是兒媳婦太不合道理了。問我的意思，以為何如。我先就沒有聽清吵嘴的是誰家，也不知道是怎樣的兩個婆媳，更沒有聽到她們的來言去語，明白她們的舊恨新仇。現在要我加以裁判，委實有點不敢自信，況且我又向來並不是批評家。我於是只得說：這事我無從斷定。

但是這句話的結果很壞。在昏暗中，雖然看不見臉色，耳朵中卻聽到：一切聲音都寂然了。靜，沉悶的靜；後來還有人站起，走開。

我也無聊地慢慢地站起，走進自己的屋子裡，點了燈，躺在床上看晚報；看了幾行，又無聊起來了，便碰到東壁下去寫日記，就是這《馬上支日記》。

院子裡又漸漸地有了談笑聲，讜論聲。

今天的運氣似乎很不佳：路人冤我喝「戒煙藥水」，田媽說我……。她怎麼說，我不知道。但願從明天起，不再這樣。

【注釋】

1 本篇最初連續發表於一九二六年七月十二日、二十六日，八月二日、十六日《語絲》週刊第八十七、八十九、九十、九十二期。

2 魯迅散文集《朝花夕拾》各篇最初在《莽原》半月刊上發表時的總名。

3 指河南陝州。一九二四年七、八月間，魯迅曾應陝西教育廳和西北大學的邀請到西安講學，往返都經過這裡。

4 當時北京有些團體和學校提倡捕蠅活動，有的舉辦捕蠅比賽會，有的出資以發動貧苦小孩捕蠅出賣。

5 俞樾所著筆記，共四集，一〇六卷。俞樾（一八二一—一九〇七），字蔭甫，號曲園，浙江德清人，清代學者。

6 長篇小說，明代施耐庵著。

7 洪邁（一一二三－一二〇二），字景廬，鄱陽（今江西波陽）人，宋代文學家。《夷堅甲志》是他所著的筆記小說，原為正集、支案、三集、四集，共四二〇卷；現在留傳下來的，以張元濟校輯本二〇六卷為較完善。這裡所引的一條，出自「正集」甲志第十四卷。

8 莊季裕，名綽，字季裕，宋代山西清源（今屬清徐）人。《雞肋編》，是他所著的筆記，內容多述軼聞舊事，凡三卷。這裡所引的一條，出於該書卷中。

9 玄孫的兒子。自本身下數為第六代。

10 商務印書館編印的一套叢書，共出十集。涵芬樓，商務印書館存放善本圖書的藏書樓名。金侃，字亦陶，蘇州人，清代藏書家。

11 即陳廷璠，陝西鄠縣（今雩縣）人，北京大學畢業。當時任北京世界語專門學校教務主任。

12 我國古代傳說中的九黎族酋長。《史記．五帝本紀》：「蚩尤作亂，不用帝命，於是黃帝乃征師諸侯，與蚩尤戰於涿鹿之野，遂禽殺蚩尤。」一九二六年六月，北洋軍閥吳佩孚為了宣傳「討赤」，曾經在北京懷仁堂的一次宴會上發表謬論說：「赤化之源，為黃帝時之蚩尤，以蚩赤同音，蚩尤即赤化之祖。」（據《嚮導》週報第一六一期「寸鐵」欄）

13 語出唐代司空圖《詩品》：「超以象外，得其環中。」原意是形容詩歌的「雄渾」的風格，這裡是對人生社會漠不關心的意思。

14 張之江：河北鹽山人，國民軍將領之一，當時任西北邊防督辦。關於他的《整頓學風電》，參看〈可憐與可笑〉一文注7。

15 丁文江（一八八七－一九三六），字在君，江蘇泰興人，地質學家，政學系政客。一九二六年四月，孫傳芳任命他為淞滬商埠總辦；五月二十八日，他在上海各團體歡迎會上發表演說，其中有

「鄙人為一書呆子，一大傻子，決不以做官而改變其面目」等語。（見一九二六年五月二十九日上海《新聞報》）

16 一九二六年六月十九日，復旦通信社記者訪問英國庚款委員會華方委員胡適，就英國退還庚款用途提出問題。記者問：「庚款用途已否決定？」胡答：「已經決定。」又問：「決定係作何項用途？」胡答：「此時不能宣布。」又問：「究竟於中國有無利益？」胡答：「以余個人之觀察，甚覺滿意。」等等。（見一九二六年六月二十日北京《晨報》）

17 牛榮聲，事蹟不詳。他在《現代評論》第三卷第七十八期（一九二六年六月五日）發表《「開倒車」》一文，為反動派的言行作辯護，其中說：「今人說某人是『開倒車』，某事是『開倒車』，並不見得某人便真腐敗，守舊，某事便真不合現代的潮流。也許是因為說話的人有了主觀的偏見，也許是他太急進，也許是他的見解根本錯誤。即如現在急進派罵穩健派為『開倒車』，照他們的主張，必須把知識階級打倒，把一切社會制度根本推翻，方不是『開倒車』。」

18 孫傳芳（一八八五－一九三五），字馨遠，山東歷城人，北洋直系軍閥。曾任浙江督軍，一九二六年夏他盤踞蘇浙等地時，曾下令禁止上海美術專門學校西洋畫系用模特兒，並一再寫信給該校校長劉海粟，以為模特兒有違中國的「衣冠禮教」，必須嚴禁。如他在六月三日的一封信中說：「生人模型，東西洋固有此式，惟中國則素重禮教，四千年前，軒轅衣裳而治，即以裸裎袒裼為鄙野。……模特兒止為西洋畫之一端，是西洋畫之範圍必不以缺此一端而有所不足，……亦何必求全召毀，俾淫畫淫劇易於附會。」（見一九二六年六月十日上海《新聞報》）

19 亞伯拉罕（Abraham），猶太族的始祖，約當西元前二千年自迦勒底遷居迦南（見《舊約‧創世記》）。這裡所說黃帝即亞伯拉罕的考據，是日本佐佐木照山在一篇關於《穆天子傳》的文章中所發的怪論。

20 一九二六年四月東京聚芳閣出版，是一本誣衊中國民族的書。

21 斯密斯（一八四五－一九三二），美國傳教士，曾居留中國五十餘年。他所著的《中國人氣質》

一書，有日本澀江保譯本，一八九六年東京博文館出版。

22 都介涅夫（Ива́н Серге́евич Турге́нев，一八一八—一八八三），通譯屠格涅夫，俄國作家。這裡是指他的長篇小說《父與子》中的巴扎洛夫類型的人物。

23 即王品青。

24 叢書名。清代顧嗣立輯，共收書十種。

25 一九一七年七月張勳扶持溥儀復辟，事前曾得到段祺瑞的默契。段祺瑞原想利用張勳來解散國會，推倒總統黎元洪；但復辟事起，全國人民一致反對，他便轉而以擁護共和為名，於七月三日在天津西南面的馬廠誓師，出兵討伐張勳。張勳失敗後，北洋政府曾規定這天為「馬廠誓師再造共和紀念日」。

26 《現代評論》第三卷第七十一、七十二期（一九二六年四月十七日、二十四日）刊載陳西瀅所作《閒話》，列舉他認為是「中國新出有價值的書」共十一種，其中舉《玉君》為長篇小說的代表說：「要是沒有楊振聲先生的《玉君》，我們簡直可以說沒有長篇小說。」《玉君》，現代社文藝叢書之一，一九二五年出版。

27 用八種烹調方法製成的食品。據《禮記．內則》，「八珍」的名目是：「淳熬、淳母、炮、擣珍、漬、熬、糝、肝膋。」

28 段成式著，二十卷，續集十卷。內容多記秘書異事，為唐代筆記小說中最著名的一種；御賜菜帳見卷一《忠志》篇。

段成式（八〇〇—八六三），字柯古，齊州臨淄（今山東臨淄）人，唐代文學家。

29 袁枚著，四卷。

袁枚（一七一六—一七九八），字子才，浙江錢塘（今杭州）人，清代詩人。曾任江蘇溧水、江浦、江寧等縣知縣，退職後築隨園於江寧城西小倉山，故又號隨園。

30 應作《饑膳正要》，元代和斯輝著，三卷。和斯輝在元仁宗延祐間（一三一四—一三二〇）曾任飲膳太醫，該書的內容便是記載關於飲膳衛生和育嬰妊娠等的知識。

31 唐代楊煜著，四卷。書成於唐宣宗大中十年（一〇五六）。楊煜（《新唐書》作陽曄），曾任巢縣縣令。

32 威廉士（S.W.Williams，一八一二—一八八四），美國傳教士，曾在美國駐華領事館任職。《中國》一書出版於一八七九年。

33 語出《論語．子張》：（子貢曰）「紂之不善，不如是之甚也。」紂，商代最後一個君主。

34 語出《爾雅．釋地》：「東南之美者，有會稽之竹箭焉。」

35 一年生寄生草本植物，莖肉質，高尺餘，形如短柱。李時珍《本草綱目》說：「此物補而不峻，故有從容之號，從容，和緩之貌。」

36 不肖生（向愷然）著。是一部描寫清末我國留日學生生活的類似「黑幕小說」的作品。

37 宋代施宿著，二十卷。宋寧宗嘉泰元年（一二〇一）完成，故名。一九二六年夏紹興周肇祥等據清嘉慶間采鞠軒刊本影印。施宿，字武子，浙江吳興人，曾任紹興府通判。

38 周建人，字喬峰，魯迅的三弟，生物學家。曾任商務印書館編輯。譯有達爾文《種的起源》、生物學論文選集《進化與退化》；著有《生物進化淺說》《略講關於魯迅的事情》等。

39 韋叢蕪（一九〇五—一九七八），安徽霍丘人，未名社成員。
布寧（**Ивáн Алексéевич Бýнин**，一八七〇—一九五三），又譯蒲寧，俄國小說家。十月革命後僑居國外，後死於巴黎。

40 強汝詢（一八二四—一八九四），字蕘叔，江蘇溧陽人，清咸豐舉人。著有《求益齋文集》。他在《佩雅堂書目小說類序》中說，做小說是「敝神勞思，取媚流俗，甘為識者所恥笑，甚矣其不自重也！……魏晉以來小說，傳世既久，餘家亦間有之，其辭或稍雅馴，姑列於目；而論其失，以為後戒焉。」參看《小說舊聞鈔·禁黜》。

41 指關羽和岳飛。過去封建統治者把他們作為忠義的化身，建立專祠奉祀。民國三年（一九一四），袁世凱政府下令以關羽、岳飛合祀。以後，北洋政府也不斷地祭祀關岳。

42 今北京中山公園。

43 齊壽山（一八八一—一九六五），名宗頤，河北高陽人，德國柏林大學畢業，曾任北洋政府教育部僉事、視學。

44 長篇童話，荷蘭望·藹覃著。魯迅譯本收入《未名叢刊》，一九二八年一月出版。

馬上日記之二[1]

◇七月七日

晴。

每日的陰晴，實在寫得自己也有些不耐煩了，從此想不寫。好在北京的天氣，大概總是晴的時候多；如果是梅雨期內，那就上午晴，午後陰，下午大雨一陣，聽到泥牆倒塌聲。

不寫也罷，又好在我這日記，將來決不會有氣象學家拿去做參考資料的。

上午訪素園[2]，談談閒天，他說俄國有名的文學者畢力涅克[3]（Boris Piliniak）

上月已經到過北京，現在是走了。

我單知道他曾到日本，卻不知道他也到中國來。

這兩年中，就我所聽到的而言，有名的文學家來到中國的有四個。第一個自然是那最有名的泰戈爾即「竺震旦」[4]，可惜被戴印度帽子的震旦人弄得一塌糊塗，終於莫名其妙而去；後來病倒在義大利，還電召震旦「詩哲」前往，然而也不知道「後事如何」。現在聽說又有人要將甘地[5]扛到中國來了，這堅苦卓絕的偉人，只在印度能生，在英國治下的印度能活的偉人，又要在震旦印下他偉大的足跡。但當他精光的腳還未踏著華土時，恐怕烏雲已在出岫了。

其次是西班牙的伊本納茲（Blasco Ibanez）[6]，中國倒也早有人介紹過；但他當歐戰時，是高唱人類愛和世界主義的，從今年全國教育聯合會的議案看來，他實在很不適宜於中國，當然誰也不理他，因為我們的教育家要提倡民族主義了[7]。

還有兩個都是俄國人。一個是斯吉泰烈支[8]（Skitalez），一個就是畢力涅克。兩個都是假名字。斯吉泰烈支是流亡在外的。畢力涅克卻是蘇聯的作家，但據他自傳，從革命的第一年起，就為著買麵包粉忙了一年多。以後，便做小說，還吸過魚油，這種生活，在中國大概便是整日叫窮的文學家也未必夢想到。

他的名字，任國楨君輯譯的《蘇俄的文藝論戰》[9]裡是出現過的，作品的譯本卻一點也沒有。日本有一本《伊凡和馬理》（《Ivan and Maria》），格式很特別，單是這一點，在中國的眼睛——中庸的眼睛——裡就看不慣。文法有些歐化，有些人尚且如同眼睛裡著了玻璃粉，何況體式更奇於歐化。悄悄地自來自去，實在要算是造化的。

還有，在中國，姓名僅僅一見於《蘇俄的文藝論戰》裡的里培進司基（U.Libedinsky），日本卻也有他的小說譯出了，名曰《一周間》[10]。他們的介紹之速而且多實在可駭。我們的武人以他們的武人為祖師，我們的文人卻毫不學他們文人的榜樣，這就可預卜中國將來一定比日本太平。

但據《伊凡和馬理》的譯者尾瀨敬止[11]氏說，則作者的意思，是以為「蘋果的花，在舊院落中也開放，大地存在間，總是開放」的。那麼，他還是不免於念舊。然而他眼見，身歷了革命了，知道這裡面有破壞，有流血，有矛盾，但也並非無創造，所以他決沒有絕望之心。這正是革命時代的活著的人的心。詩人勃洛克[12]（Alexander Block）也如此。他們自然是蘇聯的詩人，但若用了純馬克斯流的眼光來批評，當然也還是很有可議的處所。不過我覺得托羅茲基[13]（Trotsky）的文藝批評，倒還不至於如此森嚴。

可惜我還沒有看過他們最新的作者的作品《一周間》。革命時代總要有許多文藝家萎黃，有許多文藝家向新的山崩地塌般的大波沖進去，乃仍被吞沒，或者受傷。被吞沒的消滅了；受傷的生活著，開拓著自己的生活，唱著苦痛和愉悅之歌。待到這些逝去了，於是現出一個較新的新時代，產出更新的文藝來。

中國自民元革命以來，所謂文藝家，沒有萎黃的，也沒有受傷的，自然更沒有消滅，也沒有苦痛和愉悅之歌。這就是因為沒有新的山崩地塌般的大波，也就是因為沒有革命。

◇七月八日

上午，往伊東醫士寓去補牙，等在客廳裡，有些無聊。四壁只掛著一幅織出的畫和兩副對，一副是江朝宗的，一副是王芝祥的。署名之下，各有兩顆印，一顆是姓名，一顆是頭銜；江的是「迪威將軍」，王的是「佛門弟子」[14]。

午後，密斯高來，適值毫無點心，只得將寶藏著的搽嘴角生瘡有效的柿霜糖裝在碟子裡拿出去。我時常有點心，有客來便請他吃點心；最初是「密斯」和「密斯得」[15]一視同仁，但密斯得有時委實利害，往往吃得很徹底，一個不留，我自己倒反有「向隅」[16]之感。如果想吃，又須出去買來。於是很有戒心了，只得改變方針，有萬不得已時，則以落花生代之。

這一著很有效，總是吃得不多，既然吃不多，我便開始敦勸了，有時竟勸得怕吃落花生如織芳之流，至於因此逡巡逃走。

從去年夏天發明了這一種花生政策以後，至今還在繼續厲行。但密斯們卻不在此限，她們的胃似乎比他們要小五分之四，或者消化力要弱到十分之八，很小的一個點心，也大抵要留下一半，倘是一片糖，就剩下一角。拿出來陳列片時，吃去一點，於我的損失是極微的，「何必改作」[17]？

密斯高是很少來的客人，有點難於執行花生政策。恰巧又沒有別的點心，只好獻出柿霜糖去了。這是遠道攜來的名糖，當然可以見得鄭重。

我想，這糖不大普通，應該先說明來源和功用。但是，密斯高卻已經一目了然了。她說：這是出在河南汜水縣的；用柿霜做成。顏色最好是深黃；倘是淡黃，那便不是純柿霜。這很涼，如果嘴角這些地方生瘡的時候，便含著，使它漸漸從嘴角流出，瘡就好了。

她比我耳食所得的知道得更清楚，我只好不作聲，而且這時才記起她是河南人。請河南人吃幾片柿霜糖，正如請我喝一小杯黃酒一樣，真可謂「其愚不可及也」。

茭白的心裡有黑點的，我們那裡稱為灰茭，雖是鄉下人也不願意吃，北京卻用在大酒席上。卷心白菜在北京論斤論車地賣，一到南邊，便根上繫著繩，倒掛在水果鋪子的門前了，買時論兩，或者半株，用處是放在闊氣的火鍋中，或者給魚翅墊底。但假如有誰在北京特地請我吃灰茭，或北京人到南邊時請他吃煮白菜，則即使不至於稱為「笨伯」，也未免有些乖張罷。

但密斯高居然吃了一片，也許是聊以敷衍主人的面子的。

到晚上我空口坐著，想：這應該請河南以外的別省人吃的，一面想，一面吃，不料這樣就吃完了。

凡物總是以稀為貴。假如在歐美留學，畢業論文最好是講李太白，楊朱[18]，張三；研究蕭伯納，威爾士[19]就不大妥當，何況但丁[20]之類。《但丁傳》的作者跋忒賴爾[21]（A.J.Butler）就說關於但丁的文獻實在看不完。待到回了中國，可就可以講講蕭伯納，威爾士，甚而至於莎士比亞了[22]。何年何月自己曾在曼殊斐兒[23]墓前痛哭，何月何日何時曾在何處和法蘭斯點頭，他還拍著自己的肩頭說道：你將來要有些像我的，至於「四書」「五經」之類，在本地似乎究以少談為是。

雖然夾些「流言」在內，也未必便於「學理和事實」有妨。

【注釋】

1 本篇最初連續發表於一九二六年七月十九日、二十三日《世界日報副刊》。

2 韋素園（一九〇二—一九三二），安徽霍丘人，未名社成員。北京大學畢業。譯有果戈理小說《外套》、俄國短篇小説集《最後的光芒》、北歐詩歌小品集《黃花集》等。參看《且介亭雜文·憶韋素園君》。

3 畢力涅克（Boris Pilniak，一八九四—一九四一），又譯皮涅克，俄國十月革命後的「同路人」作家。一九二六年夏曾來我國，在北京、上海等地作短期遊歷。

4 泰戈爾（R.Tagore，一八六一—一九四一），印度詩人。一九二四年四月間曾來我國。「竺震旦」是他在中國度六十四歲生日時梁啟超給他起的中國名字。我國古代稱印度為天竺，簡稱竺國；那時印度一帶僧人初入中國，多用「竺」字冠其名。震旦是古代印度人對中國的稱呼。

5 甘地（M.Gandhi，一八六九—一九四八），印度民族獨立運動領袖。他主張「非暴力抵抗」。在領導印度獨立運動中，屢被英國殖民主義者監禁，他在獄中便以絕食作為鬥爭的手段。

6 伊本納茲（一八六七—一九二八），通譯伊巴涅茲，西班牙作家、共和黨的領導人。一九二四年春曾隨美國的一個世界遊歷團來我國遊歷。

7 據上海《教育雜誌》第十七卷第十二號（一九二五年十二月二十日）和第十八卷第一號（一九二六年一月二十日）記載，第十一屆全國省教育會聯合會於一九二五年十月在湖南長沙召開。會上通過「今後教育官注意民族主義案」，其辦法是：「（一）歷史教科書，應多採取吾國民族光榮歷史，及說明今日民族衰弱之原因。（二）公民教育應以民族自決為對外唯一目的。（三）社會教育，宜對於一般平民提倡民族主義，以養成獨立自主之公民。（四）兒童教育多採用國恥圖畫國恥故事，以引起其愛國家愛種族之觀念。」

8 斯吉泰烈支（Skitalez，一八六八—一九四一），俄國小說家。十月革命時逃亡國外，一九三〇年回國。著有《契爾諾夫一家》等。

9 任國楨（一八九八—一九三一），字子卿，遼寧安東（今丹東）人，北京大學俄文專修科畢業。《蘇俄的文藝論戰》，是他選譯當時蘇俄雜誌中的不同派別的四篇文藝論文編輯而成；為魯迅主編的《未名叢刊》之一，一九二五年八月北京北新書局出版。

10 里培進司基（U.Libedinsky，一八九八—一九五九），蘇聯作家。《一周間》，是他描寫蘇聯內戰的中篇小說。

11 尾瀨敬止（一八八九—一九五二），日本翻譯家。曾任東京《朝日新聞》和《俄羅斯新聞》的記者，生平致力於介紹、翻譯俄國文學。

12 勃洛克（A.A.Блок，一八八〇—一九二一），蘇聯詩人。早期為俄國象徵派詩人；後受一九〇五年革命影響，開始接觸現實。十月革命時傾向革命。著有《俄羅斯頌》、《十二個》等。

13 托羅茲基（ЛевДавидовичТроцкий，一八七九—一九四〇），通譯托洛茨基，早年參加過俄國革命運動。在十月革命中和蘇俄初期曾參加領導機關。一九二七年因反對蘇維埃政權被聯共（布）開除出黨，一九二九年被驅逐出國，一九四〇年死於墨西哥。

14 江朝宗、王芝祥都是當時的軍閥、官僚。江朝宗曾參加一九一七年張勳復辟活動；失敗後，他在同一年內卻得到北洋政府「迪威將軍」的頭銜。王芝祥曾用佛教慈善團體名義組織世界紅卍字會，自任會長。

15 英語Miss的音譯，意為小姐。「密斯得」，英語Mister的音譯，意為先生。

16 見漢代劉向《說苑．貴德》：「古人於天下，譬一堂之上；今有滿堂飲酒者，有一人獨索然向隅而泣，則一堂之人皆不樂矣。」後來用以比喻得不到平等的待遇。

17 語見《論語．先進》：「仍舊貫，如之何？何必改作？」

18 李白（七〇一－七六二），字太白，祖籍隴西成紀（今甘肅秦安），後遷居綿州昌隆（今四川江油），唐代詩人。楊朱，戰國時魏國人，思想家。

19 威爾士（H.G.Wells，一八六六－一九四六），通譯威爾斯，英國著作家。著有《世界史綱》科學幻想小說《時間機器》、《隱身人》等。

20 但丁（Dante Alighieri，一二六五－一三二一），義大利詩人，主要作品有《神曲》等。

21 跋忒賴爾（一八四四－一九一〇），英國作家，但丁的研究者。著有《但丁及其時代》等。曾譯《神曲》為英文，並加注釋。

22 陳西瀅在《現代評論》第一卷第十八期（一九二五年四月十一日）《中山先生大殯給我的感想》一文裡，說他和章士釗於一九二二年夏曾在英國訪問威爾士和蕭伯納；章士釗在《甲寅》週刊第一卷第二號（一九二五年七月二十五日）《孤桐雜記》裡，又將陳西瀅的這一段文字改寫為文言。此外，陳西瀅在其他文章中還常談到威爾士、蕭伯納和莎士比亞等以自炫。

23 曼殊斐兒（K.Mansfield，一八八八－一九二三），通譯曼斯費爾德，英國女作家，著有小說《幸福》、《鴿巢》等。徐志摩翻譯過她的作品。他在《自剖集．歐遊漫記》中，說他上過曼殊斐兒的墳：「我這次到歐洲來倒像是專做清明來的；我不僅上知名的或與我有關係的墳，……在楓丹薄羅上曼殊斐兒的墳……」又陳西瀅曾在《現代評論》上一再談到法朗士，徐志摩也「誇獎」他學法朗士的文章已經「有根」了。

記「發薪」[1]

下午，在中央公園裡和C君做點小工作[2]，突然得到一位好意的老同事的警報，說，部裡今天發給薪水了，計三成；但必須本人親身去領，而且須在三天以內。

否則？

否則怎樣，他卻沒有說。但這是「洞若觀火」的，否則，就不給。

只要有銀錢在手裡經過，即使並非檀越[3]的布施，人是也總愛逞逞威風的，要不然，他們也許要覺到自己的無聊，渺小。明明有物品去抵押，當鋪卻用這樣的勢利臉和高櫃檯；明明用銀元去換銅元，錢攤卻貼著「收買現洋」的紙條，隱然以「買主」自命。錢票當然應該可以到負責的地方去換現錢，而有時卻規定了極短的時間，還要領簽，排班，等候，受氣；軍警督壓著，手裡還有國粹的皮鞭。

不聽話麼？不但不得錢，而且要打了！

我曾經說過，中華民國的官，都是平民出身，並非特別種族。雖然高尚的文人學士或新聞記者們將他們看作異類，以為比自己格外奇怪，可鄙可嗤；然而從我這幾年的經驗看來，卻委實不很特別，一切脾氣，卻與普通的同胞差不多，所以一到經手銀錢的時候，也還是照例有一點借此威風一下的嗜好。

「親領」問題的歷史，是起源頗古的，中華民國十一年，就因此引起過方玄綽[4]的牢騷，我便將這寫了一篇《端午節》。但歷史雖說如同螺旋，卻究竟並非印板，所以今之與昔，也還是小有不同。在昔盛世，主張「親領」的是「索薪會」——的驍將，晝夜奔走，向國務院呼號，向財政部坐討，一旦到手，對於沒有一同去索的人的無功受祿，心有不甘，用此給吃一點小苦頭的。其意若曰，這錢是我們討來的，就同我們的一樣；你要，必得到這裡來領布施。你看施衣施粥，有施主親自送到受惠者的家裡去的麼？

——嗚呼，這些專門名詞，恕我不暇一一解釋了，而且紙張也可惜。

然而那是盛世的事。現在是無論怎麼「索」，早已一文也不給了，如果偶然「發薪」，那是意外的上頭的嘉惠，和什麼「索」絲毫無關。不過臨時發布「親領」命令的施主卻還有，只是已非善於索薪的驍將，而是天天「畫到」，未曾另謀生活的「不貳之臣」了。所以，先前的「親領」是對於沒有同去索薪的人們的罰，現在的「親領」是對於不能空著肚子，天天到部的人們的罰。

但這不過是一個大意，此外的事，倘非身臨其境，實在有些說不清。譬如一碗酸辣湯，耳聞口講的，總不如親自呷一口的明白。近來有幾個心懷叵測的名人間接忠告我，說我去年作文，專和幾個人鬧意見，不再論及文學藝術，大下國家是可惜的。殊不知我近來倒是明白了，身歷其境的小事，尚且參不透，說不清，更何況那些高尚偉大，不甚了然的事業？我現在只能說說較為切己的私事，至於冠冕堂皇如所謂「公理」之類，就讓公理專家去消遣罷。

總之，我以為現在的「親領」主張家，已頗不如先前了，這就是「孤桐先生」之所謂「每下愈況」。而且便是空牢騷如方玄綽者，似乎也已經很寥寥了。

「去！」我一得警報，便走出公園，跳上車，徑奔衙門去。

一進門，巡警就給我一個立正舉手的敬禮，可見做官要做得較大，雖然闊別多日，他們也還是認識的。到裡面，不見什麼人，因為辦公時間已經改在上午，大概都已親領了回家了。覓得一位聽差，問明了「親領」的規則，是先到會計科去取得條子，然後拿了這條子，到花廳裡去領錢。

就到會計科，一個部員看了一看我的臉，便翻出條子來。我知道他是老部員，熟識同人，負著「驗明正身」的重大責任的；接過條子之後，我便特別多點了兩個頭，以表示告別和感謝之至意。

其次是花廳了，先經過一個邊門，只見上貼紙條道：「丙組」，又有一行小注是「不滿百元」。我看自己的條子上，寫的是九十九元，心裡想，這真是「人生不滿百，常懷千歲憂[5]。……」同時便直撞進去。看見一個和我差不多大的官，說道這「不滿百元」是指全俸而言，我的並不在這裡，是在裡間。

就到裡間，那裡有兩張大桌子，桌旁坐著幾個人，一個熟識的老同事就招呼我了；拿出條子去，簽了名，換得錢票，總算一帆風順。這組的旁邊還坐著一位很胖的官，大概是監督者，因為他敢於解開了官紗——也許是紡綢，我不大認識這些東西。——小衫，露著胖得擁成折疊的胸肚，使汗珠雍容地越過了折疊往下流。

這時我無端有些感慨，心裡想，大家現在都說「災官」「災官」，殊不知「心寬體胖」的還不在少呢。便是兩三年前教員正嚷索薪的時候，學校的教員預備室裡也還有人因為吃得太飽了，咳的一聲，胃中的氣體從嘴裡反叛出來。

走出外間，那一位和我差不多大的官還在，便拉住他發牢騷。

「你們怎麼又鬧這些玩藝兒了？」我說。

「這是他的意思……。」他和氣地回答，而且笑嘻嘻的。

「生病的怎麼辦呢？放在門板上抬來麼？」

「他說：這些都另法辦理……。」

我是一聽便了然的，只是在「門——衙門之門——外漢」怕不易懂，最好是再加上一點注解。這所謂「他」者，是指總長或次長而言。此時雖然似乎所指頗朦朧，但再掘下去，便可以得到指實，但如果再掘下去，也許又要更蒙朧。總而言之，薪水既經到手，這些事便應該「適可而止，毋貪心也」的，否則，怕難免有些危機。即如我的說了這些話，其實就已經不大妥。

於是我退出花廳，卻又遇見幾個舊同事，閒談了一回。知道還有「戊組」，是發給已經死了的人的薪水的，這一組大概無須「親領」。又知道這一回提出

「親領」律者，不但「他」，也有「他們」在內。所謂「他們」者，粗粗一聽，很像「索薪會」的頭領們，但其實也不然，因為衙門裡早就沒有什麼「索薪會」，所以這一回當然是別一批新人物了。

我們這回「親領」的薪水，是中華民國十三年二月份的。因此，事前就有了兩種學說。一，即作為十三年二月的薪水發給。然而還有新來的和新近加俸的呢，可就不免有向隅之感。於是第二種新學說自然起來：不管先前，只作為本年六月份的薪水發給。不過這學說也不大妥，只是「不管先前」這一句，就很有些疵病。

這個辦法，先前也早有人苦心經營過。去年章士釗將我免職之後，自以為在地位上已經給了一個打擊，連有些文人學士們也喜得手舞足蹈。然而他們究竟是聰明人，看過「滿床滿桌滿地」的德文書的，即刻又悟到我單是拋了官，還不至於一敗塗地，因為我還可以得欠薪，在北京生活。於是他們的司長劉百昭便在部務會議席上提出，要不發欠薪，何月領來，便作為何月的薪水。這辦法如果實行，我的受打擊是頗大的，因為就受著經濟的迫壓。然而終於也沒有通過。那致命傷，就在「不管先前」上；而劉百昭們又不肯自稱革命黨，主張不管什麼，都從新來一回。

所以現在每一領到政費，所發的也還是先前的錢；即使有人今年不在北京了，十三年二月間卻在，實在也有些難於說是現今不在，連那時的曾經在此也不算了。但是，既然又有新的學說起來，總得採納一點，這採納一點，也就是調和一些。因此，我們這回的收條上，年月是十三年二月的，錢的數目是十五年六月的。這麼一來，既然並非「不管先前」，而新近升官或加俸的又可以多得一點錢，可謂比較的周到。於我是無益也無損，只要還在北京，拿得出「正身」來。

翻開我的簡單日記一查，我今年已經收了四回俸錢了：第一次三元；第二次六元；第三次八十二元五角，即二成五，端午節的夜裡收到的；第四次三成，九十九元，就是這一次。再算欠我的薪水，是大約還有九千二百四十元，七月份還不算。

我覺得已是一個精神上的財主；只可惜這「精神文明」是不很可靠的，劉百昭就來動搖過。將來遇見善於理財的人，怕還要設立一個「欠薪整理會」，裡面坐著幾個人物，外面掛著一塊招牌，使凡有欠薪的人們都到那裡去接洽。幾天或幾月之後，人不見了，接著連招牌也不見了；於是精神上的財主就變了物質上的窮人了。但現在卻還的確收了九十九元，對於生活又較為放心，趁閒空來發一點議論再說。

七月二十一日

【注釋】

1 本篇最初發表於一九二六年八月十日《莽原》半月刊第十五期。

2 即齊壽山。「做點小工作」，指翻譯《小約翰》。

3 檀越：梵文音譯，意為施主。

4 作者一九二二年所作短篇小說《端午節》（後收入《吶喊》）中的人物，並非真有其人；但小說描寫的是當時實際情況的一斑。

5 語出《文選．古詩十九首》：「生年不滿百，常懷千歲憂」。

記談話[1]

魯迅先生快到廈門去了，雖然他自己說或者因天氣之故而不能在那裡久住，但至少總有半年或一年不在北京，這實在是我們認為很使人留戀的一件事。八月二十二日，女子師範大學學生會舉行毀校周年紀念，魯迅先生到會，曾有一番演說，我恐怕這是他此次在京最後的一回公開講演，因此把它記下來，表示我一點微弱的紀念的意思。

人們一提到魯迅先生，或者不免覺得他稍微有一點過於冷靜，過於默視的樣子，而其實他是無時不充滿著熱烈的希望，發揮著豐富的感情的。在這一次談話裡，尤其可以顯明地看出他的主張；那麼，我把他這一次的談話記下，作為他出京的紀念，也許不是完全沒有重大的意義罷。我自己，為免得老實人費心起見，應該聲明一下：那天的會，我是以一個小小的辦事員的資格參加的。

（培良）[2]

我昨晚上在校《工人綏惠略夫》[3]，想要另印一回，睡得太遲了，到現在還沒有很醒；正在校的時候，忽然想到一些事情，弄得腦子裡很混亂，一直到現在還是很混亂，所以今天恐怕不能有什麼多的話可說。

提到我翻譯《工人綏惠略夫》的歷史，倒有點有趣。十二年前，歐洲大混戰開始了，後來我們中國也參加戰事，就是所謂「對德宣戰」；派了許多工人到歐洲去幫忙；以後就打勝了，就是所謂「公理戰勝」。中國自然也要分得戰利品，——有一種是在上海的德國商人的俱樂部裡的德文書，總數很不少，文學居多，都搬來放在午門的門樓上。

教育部得到這些書，便要整理一下，分類一下，——其實是他們本來分類好了的，然而有些人以為分得不好，所以要從新分一下。——當時派了許多人，我也是其中的一個。後來，總長要看看那些書是什麼書了。怎樣看法呢？叫我們用中文將書名譯出來，有義譯義，無義譯音，該撒呀，克來阿派式拉呀，大馬色[4]呀……。每人每月有十塊錢的車費，我也拿了百來塊錢，因為那時還有一點所謂行政費。這樣的幾裡古魯了一年多，花了幾千塊錢，對德和約[5]成立了，後來德國來取還，便仍由點收的我們全盤交付，——也許少了幾本罷。至於「克來阿派式拉」之類，總長看了沒有，我可不得而知了。

據我所知道的說，「對德宣戰」的結果，在中國有一座中央公園裡的「公理戰勝」的牌坊，在我就只有一篇這《工人綏惠略夫》的譯本，因為那底本，就是從那時整理著的德文書裡挑出來的。

那一堆書裡文學書多得很，為什麼那時偏要挑中這一篇呢？那意思，我現在有點記不真切了。大概，覺得民國以前，以後，我們也有許多改革者，境遇和綏惠略夫很相像，所以借借他人的酒杯罷。然而昨晚上一看，豈但那時，譬如其中的改革者的被迫，代表的吃苦，便是現在，——便是將來，便是幾十年以後，我想，還要有許多改革者的境遇和他相像的。所以我打算將它重印一下……。

《工人綏惠略夫》的作者阿爾志跋綏夫是俄國人。現在一提到俄國，似乎就使人心驚膽戰。但是，這是大可以不必的，阿爾志跋綏夫並非共產黨，他的作品現在在蘇俄也並不受人歡迎。聽說他已經瞎了眼睛，很在吃苦，那當然更不會送我一個盧布……。總而言之：和蘇俄是毫不相干。但奇怪的是有許多事情竟和中國很相像，譬如，改革者，代表者的受苦，不消說了；便是教人要安本分的老婆子，也正如我們的文人學士一般。有一個教員因為不受上司的辱罵而被革職了，她背地裡責備他，說他「高傲」得可惡，「你看，我以前被我的主人打過兩個嘴巴，可是我一句話都不說，忍耐著。究竟後來他們知道我冤枉了，就親手賞了我一百盧布。[6]」自然，我們的文人學士措辭決不至於如此拙直，文字也還要華贍得多。

然而綏惠略夫臨末的思想卻太可怕。他先是為社會做事，社會倒迫害他，甚至於要殺害他，他於是一變而為向社會復仇了，一切是仇仇，一切都破壞。中國這樣破壞一切的人還不見有，大約也不會有的，我也並不希望其有。但中國向來有別一種破壞的人，所以我們不去破壞的，便常常受破壞。我們一面被破壞，一面修繕著，辛辛苦苦地再過下去。所以我們的生活，便成了一面受破壞，一面修補，一面受破壞，一面修補的生活了。這個學校，也就是受了楊蔭榆章士釗們的破壞之後，修補修補，整理整理，再過下去的。

俄國老婆子式的文人學士也許說，這是「高傲」得可惡了，該得懲罰。這話自然很像不錯的，但也不盡然。我的家裡還住著一個鄉下人，因為戰事，她的家沒有了，只好逃進城裡來。她實在並不「高傲」，也沒有反對過楊蔭榆，然而她的家沒有了，受了破壞。戰事一完，她一定要回去的，即使屋子破了，器具拋了，田地荒了，她也還要活下去。她大概只好搜集一點剩下的東西，修補修補，整理整理，再來活下去。

中國的文明，就是這樣破壞了又修補，破壞了又修補的疲乏傷殘可憐的東西。但是很有人誇耀它，甚至於連破壞者也誇耀它。便是破壞本校的人，假如你派他到萬國婦女的什麼會裡去，請他敘述中國女學的情形，他一定說，我們中國有一個國立北京女子師範大學在。

這真是萬分可惜的事，我們中國人對於不是自己的東西，或者將不為自己所有的東西，總要破壞了才快活的。楊蔭榆知道要做不成這校長，便文事用文士的「流言」，武功用三河的老媽，總非將一班「毛鴉頭」[7]趕盡殺絕不可。先前我看見記載上說的張獻忠[8]屠戮川民的事，我總想不通他是什麼意思；後來看到別一本書，這才明白了：他原是想做皇帝的，但是李自成[9]先進北京，做了皇帝了，他便要破壞李自成的帝位。怎樣破壞法呢？做皇帝必須有百姓；他殺盡了百姓，皇帝也就誰都做不成了。既無百姓，便無所謂皇帝，於是只剩了一個李自成，在白地上出醜，宛如學校解散後的校長一般。這雖然是一個可笑的極端的例，但有這一類的思想的，實在並不止張獻忠一個人。

我們總是中國人，我們總要遇見中國事，但我們不是中國式的破壞者，所以我們是過著受破壞了又修補，受破壞了又修補的生活。我們的許多壽命白費了。我們所可以自慰的，想來想去，也還是所謂對於將來的希望。希望是附麗於存在的，有存在，便有希望，有希望，便是光明。如果歷史家的話不是誑話，則世界上的事物可還沒有因為黑暗而長存的先例。黑暗只能附麗於漸就滅亡的事物，一滅亡，黑暗也就一同滅亡了，它不永久。然而將來是永遠要有的，並且總要光明起來；只要不做黑暗的附著物，為光明而滅亡，則我們一定有悠久的將來，而且一定是光明的將來。

我赴這會的後四日，就出北京了。在上海看見日報，知道女師大已改為女子學院的師範部，教育總長任可澄[10]自做院長，師範部的學長是林素園[11]。後來看見北京九月五日的晚報，有一條道：「今日下午一時半，任可澄特同林氏，並率有警察廳保安隊及軍督察處兵士共四十左右，馳赴女師大，武裝接收。……」原來剛一周年，又看見用兵了。不知明年這日，還是帶兵的開得校紀念呢，還是被兵的開毀校紀念？現在姑且將培良君的這一篇轉錄在這裡，先作一個本年的紀念罷。

一九二六年十月十四日，魯迅附記

【注釋】

1 本篇最初發表於一九二六年八月二十八日《語絲》週刊第九十四期。原題《記魯迅先生的談話》，署名培良。

2 向培良，湖南黔陽人，文學團體狂飆社的主要成員。曾為《莽原》週刊寫稿。後來墮落為國民黨反動派的走卒。

3 俄國阿爾志跋綏夫（俄文：Михаил Петрович Арцыбашев，一八七八—一九二七），著中篇小説，魯迅譯本於一九二二年五月由上海商務印書館出版；以後又於一九二七年六月由上海北新書局出版。

4 該撒（G.J.Caesar，公元前一〇〇—前四十四），通譯凱撒，古羅馬統帥、政治家。克來阿派忒拉（Cleopatra，前六九—前三〇），通譯克利奧佩特拉，埃及女王。大馬色（Damascus），通譯大馬士革。世界最古的城市之一；現在是敍利亞的首都。

5 指一九二一年五月在北京簽訂的《中德協約》。其中規定德國放棄以前在山東攫取的特權，雙方聲明保護在各自管轄下的對方財產，並決定重建外交關係，互派公使。

6 這段話見於《工人綏惠略夫》第六章。

7 即毛丫頭。吳稚暉對女師大學生的蔑稱。吳稚暉在關於女師大問題《答〈大同晚報〉》一文（一九二五年八月廿四日《京報》）中說：「言止於此，我不願在這國家存亡即在呼吸的時候，經天緯地，止經緯到幾個毛丫頭身上去也。」

8 張獻忠（一六〇六—一六四六），延安柳樹澗（今陝西定邊）人。明末農民起義領袖。一六四四年（明崇禎十七年）攻占四川，在成都稱帝，建大西國。舊史書、雜記如《蜀碧》等多有渲染他好殺人的記載。

9 李自成（一六〇六—一六四五）陝西米脂人。明末農民起義領袖。一六二九年起義。一六四四年二月在西安建立大順國。同年四月攻克北京，推翻明朝。不久，為明將吳三桂勾引清兵聯合進攻而失敗。

10 任可澄（一八七九—一九四五），字志清，貴州安順人。一九二六年六月任北洋政府教育總長；八月末，他將女師大與女大合併為北京女子學院，自兼院長。

11 林素園：福建人，研究系小官僚。

上海通信[1]

小峰兄：

別後之次日，我便上車，當晚到天津。途中什麼事也沒有，不過剛出天津車站，卻有一個穿制服的，大概是稅吏之流罷，突然將我的提籃拉住，問道「什麼？」我剛答說「零用什物」時，他已經將籃搖了兩搖，揚長而去了。幸而我的籃裡並無人參湯榨菜湯或玻璃器皿，所以毫無損失，請勿念。

從天津向浦口，我坐的是特別快車，所以並不囂雜，但擠是擠的。我從七年前護送家眷到北京[2]以後，便沒有坐過這車；現在似乎男女分坐了，間壁的一室中本是一男三女的一家，這回卻將男的逐出，另外請進一個女的去。將近浦口，又發生一點小風潮，因為那四口的一家給茶房的茶資太少了，一個長壯偉大的茶房便到我們這裡來演說，「使之聞之」[3]。其略曰：錢是自然要的。一個人不為錢為什麼？然而自己只做茶房圖幾文茶資，是因為良心還在中間，沒有到這邊（指腋下介）去！自己也還能賣掉田地去買槍，招集了土匪，做個頭目；好好地一玩，就可以升官，發財了。然而良心還在這裡（指胸骨介），所以甘心做茶房，賺點小錢，給兒女念念書，將來好好過活。……但，如果太給自己下不去了，什麼不是人做的事要做也會做出來！我們一堆共有六個人，誰也沒有反駁他。聽說後來是添了一塊錢完事。

我並不想步勇敢的文人學士們的後塵，在北京出版的週刊上斥罵孫傳芳大帥。不過一到下關，記起這是投壺[4]的禮義之邦的事來，總不免有些滑稽之感。在我的眼睛裡，下關也還是七年前的下關，無非那時是大風雨，這回卻是晴天。趕不上特別快車了，只好趁夜車，便在客寓裡暫息。挑夫（即本地之所謂「夫子」）和茶房還是照舊地老實；板鴨，插燒，油雞等類，也依然價廉物美。喝了二兩高粱酒，也比北京的好。這當然只是「我以為」；但也並非毫無理由：就因為它有一點生的高粱氣味，喝後合上眼，就如身在雨後的田野裡一般。

正在田野裡的時候，茶房來說有人要我出去說話了。出去看時，是幾個人和三四個兵背著槍，究竟幾個，我沒有細數；總之是一大群。其中的一個說要看我的行李。問他先看那一個呢？他指定了一個麻布套的皮箱。給他解了繩，開了鎖，揭開蓋，他才蹲下去在衣服中間摸索。摸索了一會，似乎便灰心了，站起來將手一擺，一群兵便都「向後轉」，往外走出去了。那指揮的臨走時還對我點點頭，非常客氣。我和現任的「有槍階級」接洽，民國以來這是第一回。我覺得他們倒並不壞；假使他們也如自稱「無槍階級」[5]的善造「流言」，我就要連路也不能走。

向上海的夜車是十一點鐘開的，客很少，大可以躺下睡覺，可惜椅子太短，身子必須彎起來。這車裡的茶是好極了，裝在玻璃杯裡，色香味都好，也許因為我喝了多年井水茶，所以容易大驚小怪了罷，然而大概確是很好的。因此一共喝了兩杯，看看窗外的夜的江南，幾乎沒有睡覺。

在這車上，才遇見滿口英語的學生，才聽到「無線電」「海底電」這類話。也在這車上，才看見弱不勝衣的少爺，綢衫尖頭鞋，口嗑南瓜子，手裡是一張《消閒錄》[6]之類的小報，而且永遠看不完。這一類人似乎江浙特別多，恐怕投壺的日子正長久哩。

現在是住在上海的客寓裡了；急於想走。走了幾天，走得高興起來了，很想總是走來走去。先前聽說歐洲有一種民族，叫作「吉柏希」[7]的，樂於遷徙，不肯安居，私心竊以為他們脾氣太古怪，現在才知道他們自有他們的道理，倒是我糊塗。

這裡在下雨，不算很熱了。

魯迅。八月三十日，上海

【注釋】

1 本篇最初發表於一九二六年十月二日《語絲》週刊第九十九期。

2 一九一九年十二月，魯迅回紹興接母親等家眷到北京，同住八道灣。

3 語見《論語．陽貨》：「孺悲欲見孔子，孔子辭以疾；將命者出戶，取瑟而歌：使之聞之。」

4 古代宴會時的一種娛樂。賓主依次投矢壺中，負者飲酒。《禮記．投壺》孔穎達注引鄭玄的話，以為投壺是「主人與客燕飲講論才藝之禮。」孫傳芳盤踞東南五省時，曾於一九二六年八月六日在南京舉行過這種古禮。

5 涵廬（高一涵）在《現代評論》第四卷第八十九期（一九二六年八月二十一日）的《閒話》中說：「我二十四分的希望一般文人收起互罵的法寶，做我們應該做的和值得做的事業。萬一罵溜了嘴，不能收束，正可以同那實在不敢罵的人們鬥鬥法寶，就是到天橋走走，似乎也還值得些！否則既不敢到天橋去，又不肯不罵人，所以專將法寶在開槍階級的頭上亂祭，那末，罵人誠然是罵人，卻是高傲也難乎其為高傲罷。」按天橋附近，是當時北京的刑場。

6 上海出版的一種無聊小報。一八九七年（清光緒二十三年）十一月創刊，原名《消閒報》，一九〇三年改為《消閒錄》。

7 吉柏希（Gypsy），通譯吉普賽。原居住印度北部的一個民族，十世紀時開始向外遷移，流浪在歐洲、西亞、北非等地，大多靠占卜、歌舞等為生。

這半年我又看見了許多血和許多淚，
然而我只有雜感而已。
淚揩了，血消了；
屠伯們逍遙復逍遙，
用鋼刀的，用軟刀[1]的。
然而我只有「雜感」而已。
連「雜感」也被「放進了應該去的地方」[2]時，
我於是只有「而已」而已！

十月十四夜，校訖記

【注釋】

1 語出明朝遺民賈鳧西所作的《木皮散人鼓詞》：「幾年家軟刀子割頭不覺死，只等得太白旗懸才知道命有差。」這裡借用「軟刀子」來比喻現代評論派的反動言論。

2 這是陳西瀅在《致志摩》（一九二六年一月三十日《晨報副刊》）中攻擊魯迅的話，參看本書《無花的薔薇》第八節。

#《華蓋集續編》的續編

在廈門島的四個月，只做了幾篇無聊文字，
除去最無聊者，還剩六篇，
稱為《華蓋集續編的續編》，
總算一年中所作的雜感全有了。

一九二七年一月八日，魯迅記

廈門通信[1]

H．M．兄[2]：

我到此快要一個月了，懶在一所三層樓上，對於各處都不大寫信。這樓就在海邊，日夜被海風呼呼地吹著。海濱很有些貝殼，撿了幾回，也沒有什麼特別的。四圍的人家不多，我所知道的最近的店鋪，只有一家，賣點罐頭食物和糕餅，掌櫃的是一個女人，看年紀大概可以比我長一輩。

風景一看倒不壞，有山有水。我初到時，一個同事便告訴我：山光海氣，是春秋早暮都不同。還指給我石頭看：這塊像老虎，那塊像癩蝦蟆，那一塊又像什麼什麼……。我忘記了，其實也不大相像。我對於自然美，自恨並無敏感，所以即使恭逢良辰美景，也不甚感動。但好幾天，卻忘不掉鄭成功[3]的遺跡。離我的住所不遠就有一道城牆，據說便是他築的。一想到除了臺灣，這廈門乃是滿人入關以後我們中國的最後亡的地方，委實覺得可悲可喜。

臺灣是直到一六八三年，即所謂「聖祖仁皇帝」二十二年才亡的，這一年，那「仁皇帝」們便修補「十三經」和「二十一史」的刻版[4]。現在呢，有些國民巴不得讀經；殿版「二十一史」也變成了寶貝，古董藏書家不惜重資，購藏於家，以貽子孫云。然而鄭成功的城卻很寂寞，聽說城腳的沙，還被人盜運去賣給對面鼓浪嶼的誰，快要危及城基了。[5]

有一天我清早望見許多小船，吃水很重，都張著帆駛向鼓浪嶼去，大約便是那賣沙的同胞。

周圍很靜；近處買不到一種北京或上海的新的出版物，所以有時也覺得枯寂一些，但也看不見灰煙瘴氣的《現代評論》。這不知是怎的，有那麼許多正人君子，文人學者執筆，竟還不大風行。

這幾天我想編我今年的雜感了。自從我寫了這些東西，尤其是關於陳源的東西以後，就很有幾個自稱「中立」的君子給我忠告，說你再寫下去，就要無聊了。我卻並非因為忠告，只因環境的變遷，近來竟沒有什麼雜感，連結集舊作的事也忘卻了。前幾天的夜裡，忽然聽到梅蘭芳[6]「藝員」的歌聲，自然是留在留聲機裡的，像粗糙而鈍的針尖一般，刺得我耳膜很不舒服。於是我就想到我的雜感，大約也刺得佩服梅「藝員」的正人君子們不大舒服罷，所以要我不再做。

然而我的雜感是印在紙上的，不會振動空氣，不願見，不翻他開來就完了，何必冒充了中立來哄騙我。我願意我的東西躺在小攤上，被願看的買去，卻不願意受正人君子賞識。世上愛牡丹的或者是最多，但也有喜歡曼陀羅[7]花或無名小草的，朋其[8]還將霸王鞭種在茶壺裡當盆景哩。不過看看舊稿，很有些太不清楚了，你可以給我抄一點麼？

此時又在發風，幾乎日日這樣，好像北京，可是其中很少灰土。我有時也偶然去散步，在叢葬中，這是Borel[9]講廈門的書上早就說過的：中國全國就是一個大墓場。墓碑文很多不通：有寫先妣某而沒有兒子的姓名的；有頭上橫寫著地名的；還有刻著「敬惜字紙」四字的，不知道叫誰敬惜字紙。

這些不通，就因為讀了書之故。假如問一個不識字的人，墳裡的人是誰，他道父親；再問他什麼名字，他說張二；再問他自己叫什麼，他說張三。照直寫下來，那就清清楚楚了。而寫碑的人偏要舞文弄墨，所以反而越舞越糊塗，他不知道研究「金石例」[10]的，從元朝到清朝就終於沒有了局。

我還同先前一樣；不過太靜了，倒是什麼也不想寫。

魯迅。九月二十三日

【注釋】

1 本篇最初發表於廈門《波艇》月刊第一號（原刊未注明出版年月，當為一九二六年十二月）。

2 是「害馬」的羅馬字拼音「Haima」的縮寫。這是魯迅對許廣平的戲稱，因她在女師大風潮中曾被楊蔭榆稱做「害群之馬」。

3 鄭成功（一六二四－一六六二），本名森，字大木，福建南安人。一六四六年（清順治三年），他反對父親鄭芝龍投降清王朝，毅然在南澳起兵，駐守金門、廈門，連年出擊閩粵江浙等地，屢敗清兵；一六六一年（南明永曆十五年），率艦隊渡臺灣海峽，驅逐侵占我國領土的荷蘭殖民者，積極經營臺灣，以作抗清根據地。在他死後，廈門於一六八〇年（清康熙十九年）、臺灣於一六八三年（康熙二十二年）先後被清兵攻占。下文的「聖祖仁皇帝」是清朝康熙皇帝的廟號。

4 康熙二十二年十月，「禮部議復，國子監祭酒王士正（按即王士禛）奏：明代南北兩雍，皆有《十三經注疏》、『二十一史』刻板，今國學所藏，漫漶殘缺，宜及時修補……從之。」按在清康熙時僅有明監本（明代國子監刻印的版本）「二十一史」；至乾隆時合「二十一史」及《舊唐書》《舊五代史》《明史》共二十四部，定為「正史」，由武英殿刻印；「殿版」，即指武英殿所刻的版本。

5 廈門大學附近的鎮北關是鄭成功為防禦清兵而建造的，靠近城腳的海灘滿鋪可做玻璃原料的白沙，當時有人把它偷運到鼓浪嶼，賣給臺灣人設立的貨棧，再轉運到日本占領下的臺灣的玻璃廠。

6 梅蘭芳（一八九四－一九六一），名瀾，字畹華，江蘇泰州人，京劇藝術家。

7 亦稱「風茄兒」。茄科，一年生有毒草本，花大，色白。

8 黃鵬基，筆名朋其，四川仁壽人。《莽原》撰稿人，後加入狂飆社。他在短篇小說集《荊棘》的代序《自招》裡說：「得朋友的一株霸王鞭是今年，廢物利用，我把它種在一把沒有蓋的茶壺裡，雖然不很茂，但竟沒有死。」

9 亨利・包立爾，荷蘭人。清末曾來中國，在北京、廈門、漳州、廣州等地居住多年。著有《新中國》《無為》（一本關於老子哲學的書）等。

10 指墓誌碑文的寫作體例。元代潘昂霄著有《金石例》十卷；以後明代的王行，清代的黃宗羲、梁玉繩、李富孫、王芑孫等都有關於這方面的著作。

廈門通信（二）[1]

小峰兄：

《語絲》百一和百二期，今天一同收到了。許多信件一同收到，在這裡是常有的事，大約每星期有兩回。我看了這兩期的《語絲》特別喜歡，恐怕是因為他們已經超出了一百期之故罷。在中國，幾個人組織的刊物要出到一百期，實在是不容易的。

我雖然在這裡，也常想投稿給《語絲》，但是一句也寫不出，連「野草」也沒有一莖半葉。現在只是編講義。為什麼呢？這是你一定了然的：為吃飯。吃了飯為什麼呢？倘照這樣下去，就是為了編講義。吃飯是不高尚的事，我倒並不這樣想。然而編了講義來吃飯，吃了飯來編講義，可也覺得未免近於無聊。別的學者們教授們又作別論，從我們平常人看來，教書和寫東西是勢不兩立的，或者死心塌地地教書，或者發狂變死地寫東西，一個人走不了方向不同的兩條路。

忽然記起一件事來了，還是夏天罷，《現代評論》上彷彿曾有正人君子之流說過：因為罵人的小報流行，正經的文章沒有人看，也不能印了[2]。我很佩服這些學者們的大才。不知道你可能替我調查一下，他們有多少正經文章的稿子「藏於家」，給我開一個目錄？但如果是講義，或者什麼民法八萬七千六百五十四條之類，那就不必開，我不要看。

今天又接到漱園[3]兄的信，說北京已經結冰了。這裡卻還只穿一件夾衣，怕冷就晚上加一件棉背心。宋玉[4]先生的什麼「皇天平分四時兮竊獨悲此廩秋，白露既下百草兮奄離披此梧楸」等類妙文，拿到這裡來就完全是「無病呻吟」。白露不知可曾「下」了百草，梧楸卻並不離披，景象大概還同夏末相仿。我的住所的門前有一株不認識的植物，開著秋葵似的黃花。我到時就開著花的了，不知道他是什麼時候開起的；現在還開著；還有未開的蓓蕾，正不知道他要到什麼時候才肯開完。「古已有之」，「於今為烈」，我近來很有些怕敢看他了。還有雞冠花，很細碎，和江浙的有些不同，也紅紅黃黃地永是這樣一盆一盆站著。

我本來不大喜歡下地獄，因為不但是滿眼只有刀山劍樹[5]，看得太單調，苦痛也怕很難當。現在可又有些怕上天堂了。四時皆春，一年到頭請你看桃花，你想夠多麼乏味？即使那桃花有車輪般大，也只能在初上去的時候，暫時吃驚，絕不會每天做一首「桃之夭夭」[6]的。

然而荷葉卻早枯了；小草也有點萎黃。這些現象，我先前總以為是所謂「嚴霜」之故，於是有時候對於那「凜秋」不免口出怨言，加以攻擊。然而這裡卻沒有霜，也沒有雪，凡萎黃的都是「壽終正寢」，怪不得別個。嗚呼，牢騷材料既被減少，則又有何話之可說哉！

現在是連無從發牢騷的牢騷，也都發完了。再談罷。從此要動手編講義。

魯迅。十一月七日

【注釋】

1 本篇最初發表於一九二六年十一月二十七日《語絲》週刊一〇七期。

2 涵廬（高一涵）在《現代評論》第四卷第八十九期（一九二六年八月二十一日）上發表的《閒

話》中曾說：「報紙上的言論，近幾年來，最膾炎（膾炙）人口的，絕不是討論問題和闡發學理的一類文字，只是揭開黑幕和攻人陰私的一類文字。越是板著學者的面孔，討論學術問題的文字，看的人越少；越是帶著三分流氓氣，嘻笑怒罵的揭黑幕攻陰私的文字，看的人越多。」又說：「社會上既歡迎嘻笑怒罵的文字，而著作家又利用社會的弱點，投其所好，又怎能不造成報界風氣，叫人家認《小晶報》為大雅之聲明呢？」

3 即韋素園。

4 戰國時楚國詩人。這裡引的兩句，見他所著的《九辯》。

5 佛教宣揚的地獄酷刑。《太平廣記》卷三八二引《冥報拾遺》：「至第三重門，入見鑊湯及刀山劍樹。」

6 語見《詩經·周南·桃夭》。「夭夭」，形容茂盛、豔麗。

《阿Q正傳》的成因[1]

在《文學週報》二五一期裡，西諦先生談起《吶喊》，尤其是《阿Q正傳》[2]。這不覺引動我記起了一些小事情，也想借此來說一說，一則也算是做文章，投了稿；二則還可以給要看的人去看去。

我先要抄一段西諦先生的原文——

「這篇東西值得大家如此的注意，原不是無因的。但也有幾點值得商榷的，如最後『大團圓』的一幕，我在《晨報》上初讀此作之時，即不以為然，至今也還不以為然，似乎作者對於阿Q之收局太匆促了；他不欲再往下寫了，便如此隨意的給他以一個『大團圓』。像阿Q那樣的一個人，終於要做起革命黨來，終於受到那樣大團圓的結局，似乎連作者他自己在最初寫作時也是料不到的。至少在人格上似乎是兩個。」

阿Q是否真要做革命黨，即使真做了革命黨，在人格上是否似乎是兩個，現在姑且勿論。單是這篇東西的成因，說起來就要很費功夫了。我常常說，我的文章不是湧出來的，是擠出來的。聽的人往往誤解為謙遜，其實是真情。

我沒有什麼話要說，也沒有什麼文章要做，但有一種自害的脾氣，是有時不免吶喊幾聲，想給人們去添點熱鬧。譬如一匹疲牛罷，明知不堪大用的了，但廢物何妨利用呢，所以張家要我耕一弓地，可以的；李家要我挨一轉磨，也可以的；趙家要我在他店前站一刻，在我背上貼出廣告道：敝店備有肥牛，出售上等消毒滋養牛乳。

我雖然深知道自己是怎麼瘦，又是公的，並沒有乳，然而想到他們為張羅生意起見，情有可原，只要出售的不是毒藥，也就不說什麼了。但倘若用得我太苦，是不行的，我還要自己覓草吃，要喘氣的工夫；要專指我為某家的牛，將我關在他的牛牢內，也不行的，我有時也許還要給別家挨幾轉磨。如果連肉都要出賣，那自然更不行，理由自明，無須細說。倘遇到上述的三不行，我就跑，或者索性躺在荒山裡。即使因此忽而從深刻變為淺薄，從戰士化為畜生，嚇我以康有為，比我以梁啟超[3]，也都滿不在乎，還是我跑我的，我躺我的，決不出來再上當，因為我於「世故」實在是太深了。

近幾年《吶喊》有這許多人看，當初是萬料不到的，而且連料也沒有料。不過是依了相識者的希望，要我寫一點東西就寫一點東西。也不很忙，因為不很有人知道魯迅就是我。

我所用的筆名也不只一個：LS，神飛，唐俟，某生者，雪之，風聲；更以前還有：自樹，索士，令飛，迅行。魯迅就是承迅行而來的，因為那時的《新青年》[4]編輯者不願意有別號一般的署名。

現在是有人以為我想做什麼狗首領了，真可憐，偵察了百來回，竟還不明白。我就從不曾插了魯迅的旗去訪過一次人；「魯迅即周樹人」，是別人查出來的[5]。這些人有四類：一類是為要研究小說，因而要知道作者的身世；一類單是好奇；一類是因為我也做短評，所以特地揭出來，想我受點禍；一類是以為於他有用處，想要鑽進來。

那時我住在西城邊，知道魯迅就是我的，大概只有《新青年》，《新潮》社裡的人們罷；孫伏園[6]也是一個。他正在晨報館編副刊。不知是誰的主意，忽然要添一欄稱為「開心話」的了，每週一次。他就來要我寫一點東西。

阿Q的影像，在我心目中似乎確已有了好幾年，但我一向毫無寫他出來的意思。經這一提，忽然想起來了，晚上便寫了一點，就是第一章：序。因為要切「開心話」這題目，就胡亂加上些不必有的滑稽，其實在全篇裡也是不相稱的。署名是「巴人」，取「下里巴人」[7]，並不高雅的意思。誰料這署名又闖了禍了，但我卻一向不知道，今年在《現代評論》上看見涵廬（即高一涵）[8]的《閒話》才知道的。那大略是——

「……我記得當《阿Q正傳》一段一段陸續發表的時候，有許多人都慄慄危懼，恐怕以後要罵到他的頭上。並且有一位朋友，當我面說，昨日《阿Q正傳》上某一段彷彿就是罵他自己。因此便猜疑《阿Q正傳》是某人作的，何以呢？因為只有某人知道他這一段私事。……從此疑神疑鬼，凡是《阿Q正傳》中所罵的，都以為就是他的隱私；凡是與登載《阿Q正傳》的報紙有關係的投稿人，都不免做了他所認為《阿Q正傳》的作者的嫌疑犯了！等到他打聽出來《阿Q正傳》的作者名姓的時候，他才知道他和作者素不相識，因此，才恍然自悟，又逢人聲明說不是罵他。」（第四卷第八十九期）

我對於這位「某人」先生很抱歉，竟因我而做了許多天嫌疑犯。可惜不知是誰，「巴人」兩字很容易疑心到四川人身上去，或者是四川人罷。直到這一篇收在《吶喊》裡，也還有人問我：你實在是在罵誰和誰呢？我只能悲憤，自恨不能使人看得我不至於如此下劣。

第一章登出之後，便「苦」字臨頭了，每七天必須做一篇。我那時雖然並不忙，然而正在做流民，夜晚睡在做通路的屋子裡，這屋子只有一個後窗，連好好的寫字地方也沒有，那裡能夠靜坐一會，想一下。伏園雖然還沒有現在這樣胖，但已經笑嘻嘻，善於催稿了。每星期來一回，一有機會，就是：「先生《阿Q正傳》……。明天要付排了。」於是只得做，心裡想著「俗語說：『討飯怕狗咬，秀才怕歲考。』我既非秀才，又要周考，真是為難……。」然而終於又一章。但是，似乎漸漸認真起來了；伏園也覺得不很「開心」，所以從第二章起，便移在「新文藝」欄裡。

這樣地一周一周挨下去，於是乎就不免發生阿Q可要做革命黨的問題了。據我的意思，中國倘不革命，阿Q便不做，既然革命，就會做的。我的阿Q的運命，也只能如此，人格也恐怕並不是兩個。民國元年已經過去，無可追蹤了，但此後倘再有改革，我相信還會有阿Q似的革命黨出現。我也很願意如人們所說，我只寫出了現在以前的或一時期，但我還恐怕我所看見的並非現代的前身，而是其後，或者竟是二三十年之後。其實這也不算辱沒了革命黨，阿Q究竟已經用竹筷盤上他的辮子了；此後十五年，長虹「走到出版界」[9]，不也就成為一個中國的「綏惠略夫」[10]了麼？

《阿Q正傳》大約做了兩個月，我實在很想收束了，但我已經記不大清楚，似乎伏園不贊成，或者是我疑心倘一收束，他會來抗議，所以將「大團圓」藏在心裡，而阿Q卻已經漸漸向死路上走。到最末的一章，伏園倘在，也許會壓下，而要求放阿Q多活幾星期的罷。但是「會逢其適」[11]，他回去了，代庖的是何作霖[12]君，於阿Q素無愛憎，我便將「大團圓」送去，他便登出來。待到伏園回京，阿Q已經槍斃了一個多月了。縱令伏園怎樣善於催稿，如何笑嘻嘻，也無法再說「先生，《阿Q正傳》……。」從此我總算收束了一件事，可以另幹別的去。另幹了別的什麼，現在也已經記不清，但大概還是這一類的事。

其實「大團圓」倒不是「隨意」給他的；至於初寫時可曾料到，那倒確乎也是一個疑問。我彷彿記得：沒有料到。不過這也無法，誰能開首就料到人們的「大團圓」？不但對於阿Q，連我自己將來的「大團圓」，我就料不到究竟是怎樣。終於是「學者」，或「教授」乎？還是「學匪」或「學棍」呢？「官僚」乎，還是「刀筆吏」呢？「思想界之權威」乎，抑「思想界先驅者」乎，抑又「世故的老人」乎？「藝術家」？「戰士」？抑又是見客不怕麻煩的特別「亞拉籍夫」乎？乎？乎？乎？乎？

但阿Q自然還可以有各種別樣的結果，不過這不是我所知道的事。

先前，我覺得我很有寫得「太過」的地方，近來卻不這樣想了。中國現在的事，即使如實描寫，在別國的人們，或將來的好中國的人們看來，也都會覺得grotesk[13]。我常常假想一件事，自以為這是想得太奇怪了；但倘遇到相類的事實，卻往往更奇怪。在這事實發生以前，以我的淺見寡識，是萬萬想不到的。

大約一個多月以前，這裡槍斃一個強盜，兩個穿短衣的人各拿手槍，一共打了七槍。不知道是打了不死呢，還是死了仍然打，所以要打得這麼多。當時我便對我的一群少年同學們發感慨，說：這是民國初年初用槍斃的時候的情形；現在隔了十多年，應該進步些，無須給死者這麼多的苦痛。北京就不然，犯人未到刑場，刑吏就從後腦一槍，結果了性命，本人還來不及知道已經死了呢。所以北京究竟是「首善之區」[14]，便是死刑，也比外省的好得遠。

但是前幾天看見十一月二十三日的北京《世界日報》，又知道我的話並不的確了，那第六版上有一條新聞，題目是《杜小拴子刀鍘而死》，共分五節，現在撮錄一節在下面——

杜小拴子刀鍘餘人槍斃先時，衛戍司令部因為從了毅軍各兵士的請求，決定用「梟首刑」，所以杜等不曾到場以前，刑場已預備好了鍘草大刀一把了。刀是長形的，下邊是木底，中縫有厚大而銳利的刀一把，刀下頭有一孔，橫嵌木上，可以上下的活動，杜等四人入刑場之後，由招扶的兵士把杜等架下刑車，就叫他們臉衝北，對著已備好的刑桌前站著。……杜並沒有跪，有外右五區的某巡官去問杜：要人把著不要？杜就笑而不答，後來就自己跑到刀前，自己睡在刀上，仰面受刑，先時行刑兵已將刀抬起，杜枕到適宜的地方後，行刑兵就合眼猛力一鍘，杜的身首就不在一處了。當時血出極多。

在旁邊跪等槍決的宋振山等三人，也各偷眼去看，中有趙振一名，身上還發起顫來。後由某排長拿手槍站在宋等的後面，先斃宋振山，後斃李有三趙振，每人都是一槍斃命。……先時，被害程步墀的兩個兒子忠智忠信，都在場觀看，放聲大哭，到各人執刑之後，去大喊：爸！媽呀！你的仇已報了！我們怎麼辦哪？聽的人都非常難過，後來由家族引導著回家去了。

假如有一個天才，真感著時代的心搏，在十一月二十二日發表出記敘這樣情景的小說來，我想，許多讀者一定以為是說著包龍圖[15]爺爺時代的事，在西曆十一世紀，和我們相差將有九百年。

這真是怎麼好……。

至於《阿Q正傳》的譯本，我只看見過兩種[16]。法文的登在八月分的《歐羅巴》上，還止三分之一，是有刪節的。英文的似乎譯得很懇切，但我不懂英文，不能說什麼。只是偶然看見還有可以商榷的兩處：一是「三百大錢九二串」當譯為「三百大錢，以九十二文作為一百」的意思；二是「柿油黨」不如譯音，因為原是「自由黨」，鄉下人不能懂，便訛成他們能懂的「柿油黨」了。

十二月三日，在廈門寫

【注釋】

1 本篇最初發表於一九二六年十二月十八日上海《北新》週刊第十八期。

2 文學研究會的機關刊物。一九二一年五月在上海創刊。原名《文學旬刊》，為《時事新報》副刊之一，鄭振鐸等主編。一九二三年七月改名《文學》（週刊）。一九二五年五月改名《文學週報》，獨立發行，一九二九年六月停刊，前後約出四百期。鄭振鐸（一八九八－一九五八），筆名西諦，福建長樂人，作家、文學史家。他的文章發表於《文學週報》第二五一期（一九二六年十一月二十一日），題目就叫《「吶喊」》。

3 這些話都是針對高長虹說的。高在《狂飆》週刊第一期（一九二六年十月）《走到出版界》的《革革革命及其他》一則內，說「魯迅是一個深刻的思想家，同時代的人沒有能及得上他的。」但不久在《狂飆》第五期（一九二六年十一月）《走到出版界》的《一九二五北京出版界形勢指掌圖》內，卻攻擊魯迅已「遞降而至一不很高明而卻奮勇的戰士的面目，再遞降而為一世故老人的面目」了。文中還以康有為、梁啟超、章太炎等人為例，以見「老人」之難免「倒下」，說：「有當年的康梁，也有今日的康梁；有當年的章太炎，也有今日的章太炎……。所謂周氏兄弟者，今日如何，當有以善自處了！」按，高長虹，山西盂縣人，狂飆社主要成員，是當時一個思想上帶有虛無主義和無政府主義色彩的青年作者。

4 《新青年》綜合性月刊，「五四」時期倡導新文化運動，傳播馬克思主義的重要刊物。一九一五年九月創刊於上海，由陳獨秀主編。第一卷名《青年雜誌》，第二卷起改名《新青年》。一九一六年底遷至北京。從一九一八年一月起，李大釗等參加該刊編輯工作。一九二二年休刊，共出九卷，每卷六期。魯迅在「五四」時期同該刊有密切關係，是它的重要撰稿人，並曾參加該刊編輯會議。

5 這裡所說的「有人」，指高長虹等。高在《一九二五北京出版界形勢指掌圖》裡說：「我與魯迅，會面不只百次。」同時謾罵魯迅「要以主帥自詡」。「別人」，指陳西瀅等。

6 孫伏園（一八九四—一九六六），原名福源，浙江紹興人。魯迅任紹興師範學校校長時的學生，後在北京大學畢業，曾參加新潮社和語絲社，先後任《晨報副刊》《京報副刊》、武漢《中央日報副刊》編輯。曾與作者同在廈門大學、中山大學任教。著有《伏園遊記》《魯迅先生二三事》等。

7 古代楚國的通俗歌曲。《文選》卷四十五宋玉《對楚王問》：「客有歌於郢中者，其始曰下里巴人，國中屬而和者數千人；……其為陽春白雪，國中屬而和者，不過數十人。」

8 高一涵，安徽六安人，曾任北京大學教授，《現代評論》撰稿者。這裡所引文字見於他發表在《現代評論》第四卷第八十九期（一九二六年八月二十一日）的《閒話》。在這篇《閒話》中，他指責當時著作家「多以罵人起家」，接著就以《阿Q正傳》為例，說了這裡所引的一段話。

9 高長虹在他主編的《狂飆》週刊上陸續發表的批評文字的總題，後印有單行本，上海泰東圖書局發行。

10 俄國作家阿爾志跋綏夫的小說《工人綏惠略夫》中的人物，一個無政府主義者。高長虹在《一九二五北京出版界形勢指掌圖》內以綏惠略夫自比，說他初訪魯迅的情形，使他「想像到亞拉籍夫與綏惠略夫會面時情形之彷彿」（亞拉籍夫也是《工人綏惠略夫》中的人物）。

11 語見《文中子·中說·周公》，原是「會當其意有所適」的意思。章士釗在《甲寅》週刊第一卷第一號（一九二五年七月十八日）發表的《毀法辨》中錯誤地把它當作「適逢其會」來用。作者在這裡順筆給予諷刺。

12 何作霖：廣東東莞人，北京大學畢業。當時任《晨報》編輯。

13 德語，意思是古怪的、荒誕的。

14 指首都。《漢書·儒林傳》載：「故教化之行也，建首善，自京師始。」這裡指北京軍閥時代的首都北京。

15 即包拯（九九九—一〇六二），宋代安徽合肥人，曾官龍圖閣直學士。舊日民間關於他的傳說很多；在《三俠五義》等小說或戲劇中，都有他用鍘刀鍘人的故事。

16 指敬隱漁譯的法文本和梁社乾譯的英文本。法文譯本發表在羅曼·羅蘭主編的《歐羅巴》月刊第四十一、四十二期（一九二六年五月十五日、六月十五日）；《序》被刪去，其餘各章均有節略。英文譯本一九二六年由上海商務印書館出版。

關於《三藏取經記》等[1]

闊別了多年的SF君，忽然從日本東京寄給我一封信，轉來轉去，待我收到時，去發信的日子已經有二十天了。[2]但這在我，卻真如空谷裡聽到跫然的足音[3]。信函中還附著一片十一月十四日東京《國民新聞》的記載，是德富蘇峰[4]氏糾正我那《小說史略》的謬誤的。

凡一本書的作者，對於外來的糾正，以為然的就遵從，以為非的就緘默，本不必有一一說明下筆時是什麼意思，怎樣取捨的必要。但蘇峰氏是日本深通「支那」的耆宿，《三藏取經記》[5]的收藏者，那措辭又很波俏，因此也就想來說幾句話。

首先還得翻出他的原文來——

魯迅氏之《中國小說史略》

蘇峰生

頃讀魯迅氏之《中國小說史略》，有云：

《大唐三藏法師取經記》三卷，舊本在日本，又有一小本曰《大唐三藏取經詩話》，內容悉同，卷尾一行云：「中瓦子張家印」，張家為宋時臨安書鋪，世因以為宋刊，然逮於元朝，張家或亦無恙，則此書或為元人所撰，未可知矣。……

這倒並非沒有聊加辯正的必要。

《大唐三藏取經記》者，實是我的成簣堂的插架中之一，而《取經詩話》的袖珍本，則是故三浦觀樹將軍的珍藏。這兩書，是都由明慧上人和紅葉廣知於世，從京都梅尾高山寺散出的。看那書中的高山寺的印記，又看高山寺藏書目錄，都證明著如此。

這不但作為宋槧的稀本；作為宋代所著的說話本（日本之所謂言文一致體），也最可珍重的罷。然而魯迅氏卻輕輕地斷定道：「此書或為元人撰，未可知矣。」過於太早計了。

魯迅氏未見這兩書的原版，所以不知究竟，倘一見，則其為宋槧，決不容疑。其紙質，其墨色，其字體，無不皆然。不僅因為張家是宋時的臨安的書鋪。

加之，至於成簣堂的《取經記》，則有著可以說是宋版的特色的闕字。好個羅振玉氏，於此早已覺到了。

皆（三浦本，成簣堂本）為高山寺舊藏。而此本（成簣堂藏《取經記》）刊刻尤精，書中快字作佚，敬字缺末筆，蓋亦宋槧也。（《雪堂校刊群書敘錄》）

想魯迅氏未讀羅氏此文，所以疑是或為元人之作的罷。即使世間多不可思議事，元人著作的宋刻，是未必有可以存在的理由的。

羅振玉氏對於此書，曾這樣說。宋代平話，舊但有《宣和遺事》而已。近年若《五代平話》《京本小說》，漸有重刊本。宋人平話之傳於人間者，至是遂得四種。因為是斯學界中如此重要的書籍，所以明白其真相，未必一定是無用之業罷。

總之，蘇峰氏的意思，無非在證明《三藏取經記》等是宋槧。其論據有三——

一　紙墨字體是宋；

二　宋諱缺筆[6]；

三　羅振玉[7]氏說是宋刻。

說起來也慚愧，我雖然草草編了一本《小說史略》，而家無儲書，罕見舊刻，所用為資料的，幾乎都是翻刻本，新印本，甚而至於是石印本，序跋及撰人名，往往缺失，所以漏略錯誤，一定很多。但《三藏法師取經記》及《詩話》兩種，所見的卻是羅氏影印本，紙墨雖新，而字體和缺筆是看得出的。那後面就有羅跋，正不必再求之於《雪堂校刊群書敘錄》，我所謂「世因以為宋刊」，即指羅跋而言。現在蘇峰氏所舉的三證中，除紙墨因確未目睹，無從然否外，其餘二事，則那時便已不足使我信受，因此就不免「疑」起來了。

某朝諱缺筆是某朝刻本，是藏書家考定版本的初步秘訣，只要稍看過幾部舊書的人，大抵知道的。何況缺筆的佚字的怎樣地觸目。但我卻以為這並不足以確定為宋本。前朝的缺筆字，因為故意或習慣，也可以沿至後一朝。例如我們民國已至十五年了，而遺老們所刻的書，寧字還「敬缺末筆」。非遺老們所刻的書，寧字玄字也常常缺筆，或者以甯代寧，以元代玄。這都是在民國而諱清諱；不足為清朝刻本的證據。京師圖書館所藏的《易林注》[8]殘本（現有影印本，在《四部叢刊》中），恆字構字都缺筆的，紙質，墨色，字體，都似宋；而且是蝶裝[9]，繆荃蓀[10]氏便定為宋本。但細看內容，卻引用著陰時夫的《韻府群玉》[11]，而陰時夫則是道道地地的元人。所以我以為不能據缺筆字便確定為某朝刻，尤其是當時視為無足重輕的小說和劇曲之類。

羅氏的論斷，在日本或者很被引為典據罷，但我卻並不盡信奉，不但書跋，連書畫金石的題跋，無不皆然。即如羅氏所舉宋代平話四種中，《宣和遺事》[12]我也定為元人作，但這並非我的輕輕斷定，是根據了明人胡應麟[13]氏所說的。而且那書是抄撮而成，文言和白話都有，也不盡是「平話」。

我的看書，和藏書家稍不同，是不盡相信缺筆，抬頭，以及羅氏題跋的。因此那時便疑；只是疑，所以說「或」，說「未可知」。我並非想要唐突宋槧和收藏者，即使如何廓大其冒昧，似乎也不過輕疑而已，至於「輕輕地斷定」，則殆未也。

但在未有更確的證明之前，我的「疑」是存在的。待證明之後，就成為這樣的事：魯迅疑是元刻，為元人作；今確是宋槧，故為宋人作。無論如何，蘇峰氏所預想的「元人著作的宋版」這滑稽劇，是未必能夠開演的。

然而在考辨的文字中雜入一點滑稽輕薄的論調，每容易迷眩一般讀者，使之失去冷靜，墜入彀中，所以我便譯出，並略加說明，如上。

十二月二十日

【注釋】

1 本篇最初發表於一九二七年一月十五日《北新》週刊第二十一期。

2 指日本福岡誠一。愛羅先珂的朋友，曾與愛羅先珂同在魯迅家中住過。《魯迅日記》一九二六年十二月十九日載：「得淑卿信，九日發，附福岡君函。」即指此信。

3 語出《莊子·徐無鬼》：「夫逃虛空者，……聞人足音跫然而喜矣。」通常使用「空谷足音」比喻難得的令人欣喜的消息。

4 德富蘇峰（一八六三－一九五七），日本著作家。曾任參議院議員、東京國民新聞社社長。著有《人物管見》《成簣堂閒記》等。

5 即《大唐三藏取經記》。舊藏日本京都高山寺，後歸德富蘇峰成簣堂文庫。書缺第一卷的上半卷和第二卷。下文的《大唐三藏取經詩話》，舊藏日本高山寺，後歸大倉喜七郎。書缺上卷第一則和中卷第八則。兩書均為三卷，內容完全相同。

6 從唐代開始的一種避諱方式，即在書寫或鐫刻本朝皇帝或尊長的名字時省略最末一筆。

7 羅振玉（一八六六－一九四〇），字叔蘊，別署雪堂，浙江上虞人，清朝遺老。辛亥革命後，長期從事復辟活動；九一八事變後，在偽「滿洲國」做了漢奸。所著《雪堂校刊群書敘錄》，共二卷，一九一八年出版。

8《易林》，西漢焦贛（延壽）撰，十六卷。京師圖書館（今北京圖書館）所藏殘本，實為元刊。《四部叢刊》中有全本，係借吳興蔣氏密韻樓影元寫本補足。《易林注》是後人的注本；作者這裡所說的《易林注》是元代人的注本。

9 即蝴蝶裝，圖書裝訂名稱。其法係將書頁反折，即有字的紙面相對折疊，將中縫的背口黏連，再用厚紙包裝作封面。翻閱時，開展如蝴蝶的雙翅，故名。

10 繆荃孫（一八四四－一九一九），字筱珊，號藝風，江蘇江陰人，清光緒進士，藏書家、版本學家。著有《藝風堂藏書記》《藝風堂文集》等。

11 陰幼遇，字時夫，元代江西奉新人。《韻府群玉》，是他所撰的一部類書，二十卷。

12 即《大宋宣和遺事》。宋元間人作。分四集或前後二集，內容敘述北宋衰亡和南宋南遷臨安時期的史事。

13 胡應麟（一五五一—一六〇二），字元瑞，浙江蘭谿人，明代學者。著有《少室山房筆叢》《少室山房類稿》等。他說《宣和遺事》為元朝人所作的話，見《筆叢》卷四十一，魯迅已收入《小說舊聞鈔》的《大宋宣和遺事》條內。

所謂「思想界先驅者」魯迅啟事[1]

《新女性》[2]八月號，登有「狂飆社[3]廣告」，說：「狂飆運動的開始，遠在二年之前……去年春天，本社同人與思想界先驅者魯迅及少數最進步的青年文學家合辦《莽原》……茲為大規模地進行我們的工作起見於北京出版之《烏合》《未名》《莽原》《弦上》[4]四種出版物外特在上海籌辦《狂飆叢書》及一篇幅較大之刊物」云云。我在北京編輯《莽原》，《烏合叢書》，《未名叢刊》三種出版物，所用稿件，皆係以個人名義送來；對於狂飆運動，向不知是怎麼一回事：如何運動，運動甚麼。今忽混稱「合辦」，實出意外；不敢掠美，特此聲明。

又，前因有人不明真相，或則假借虛名，加我紙冠，已非一次，業經先有陳源在《現代評論》上，近有長虹在《狂飆》上，迭加嘲罵，而狂飆社一面又錫以第三頂「紙糊的假冠」[5]，真是頭少帽多，欺人害己，雖「世故的老人」[6]，亦身心之交病矣。

只得又來特此聲明：我也不是「思想界先驅者」即英文Forerunner之譯名。此等名號，乃是他人暗中所加，別有作用，本人事前並不知情，事後亦未嘗高興。倘見者因此受愚，概與本人無涉。

【注釋】

1 本篇最初發表於一九二六年十二月十日《莽原》半月刊第二十三期，又同時發表於《語絲》《北新》《新女性》等期刊。

2 月刊，婦女問題研究會編輯，一九二六年一月一日創刊，上海開明書店發行。

3 高長虹、向培良等所組織的一個文學團體。一九二四年十一月，曾在北京《國風日報》上出過《狂飆》週刊，至十七期停止；一九二六年十月，又在上海光華書局出版；並編印《狂飆叢書》。

4 即《烏合叢書》和《未名叢刊》，是魯迅在北京編輯的兩套叢書；《烏合》專收創作，《未名》專收譯本。《弦上》，是狂飆社在北京編印的一種週刊。

5 指狂飆社廣告所加於魯迅的「思想界先驅者」的稱號。這裡說「第三頂」，是因為在這以前已有人稱魯迅為「思想界的權威者」和「青年叛徒的領袖」。

6 高長虹在《狂飆》第五期（一九二六年十一月）發表的《一九二五北京出版界形勢指掌圖》內，曾毀謗魯迅為「世故老人」；對於魯迅在女師大事件中反對章士釗的鬥爭，又加以嘲罵說，在「實際的反抗者（按指女師大學生）從哭聲中被迫出校後……魯迅遂戴其紙糊的權威者的假冠入於心身交病之狀況矣！」

廈門通信（三）[1]

小峰兄：

二十七日寄出稿子兩篇[2]，想已到。其實這一類東西，本來也可做可不做，但是一則因為這裡有幾個少年希望我耍幾下，二則正苦於沒有文章做，所以便寫了幾張，寄上了。本地也有人要我做一點批評廈門的文字，然而至今一句也沒有做，言語不通，又不知各種底細，從何說起。例如這裡的報紙上，先前連日鬧著「黃仲訓霸占公地」[3]的筆墨官司，我至今終於不知道黃仲訓何人，曲折怎樣，如果竟來批評，豈不要笑斷真的批評家的肚腸。

但別人批評，我是不妨害的。以為我不准別人批評者，誣也[4]；我豈有這麼大的權力。不過倘要我做編輯，那麼，我以為不行的東西便不登，我委實不大願意做一個莫名其妙的什麼運動的傀儡。

前幾天，卓治[5]睜大著眼睛對我說，別人胡罵你，你要回罵。還有許多人要看你的東西，你不該默不作聲，使他們迷惑。你現在不是你自己的了。我聽了又打了一個寒噤，和先前聽得有人說青年應該學我的多讀古文時候相同。嗚呼，一戴紙冠，遂成公物，負「幫忙」之義務，有回罵之必須，然則固不如從速坍台，還我自由之為得計也。質之高明，未識以為然否？

今天也遇到了一件要打寒噤的事。廈門大學的職務，我已經都稱病辭去了。百無可為，溜之大吉。然而很有幾個學生向我訴苦，說他們是看了廈門大學革新的消息[6]而來的，現在不到半年，今天這個走，明天那個走，叫他們怎麼辦？這實在使我夾脊樑發冷，啞口無言。不料「思想界權威者」或「思想界先驅者」這一頂「紙糊的假冠」，竟又是如此誤人子弟。幾回廣告（卻並不是我登的），將他們從別的學校裡騙來，而結果是自己倒跑掉了，真是萬分抱歉。我很惋惜沒有人在北京早做黑幕式的記事，將學生們攔住。「見面時一談，不見時一戰」[7]哲學，似乎有時也很是誤人子弟的。

你大約還不知道底細，我最初的主意，倒的確想在這裡住兩年，除教書之外，還希望將先前所集成的《漢畫像考》[8]和《古小說鉤沈》印出。這兩種書自己印不起，也不敢請你印。因為看的人一定很少，折本無疑，惟有有錢的學校才合適。及至到了這裡，看看情形，便將印《漢畫像考》的希望取消，並且自己縮短年限為一年。

其實是已經可以走了，但看著語堂[9]的勤勉和為故鄉做事的熱心，我不好說出口。後來預算不算數了，語堂力爭；聽說校長就說，只要你們有稿子拿來，立刻可以印。於是我將稿子拿出去，放了大約至多十分鐘罷，拿回來了，從此沒有後文。這結果，不過證明了我確有稿子，並不欺騙。那時我便將印《古小說鉤沈》的意思也取消，並且自己再縮短年限為半年。語堂是除辦事教書之外，還要防暗算，我看他在不相干的事情上，弄得力盡神疲，真是冤枉之至。

前天開會議，連國學院的週刊也幾乎印不成了；然而校長的意思，卻要添顧問，如理科主任之流，都是顧問，據說是所以連絡感情的。我真不懂廈門的風俗，為什麼研究國學，就會傷理科主任之流的感情，而必用顧問的繩，將他絡住？聯絡感情法我沒有研究過；兼士[10]又已辭職，所以我決計也走了。現在去放假不過三星期，本來暫停也無妨，然而這裡對於教職員的薪水，有時是錙銖必較的，離開學校十來天也想扣，所以我不想來沾放假中的薪水的便宜，至今天止，扣足一月。昨天已經出題考試，作一結束了。閱卷當在下月，但是不取分文。看完就走，刊物請暫勿寄來，待我有了駐足之所，當即函告，那時再寄罷。

臨末，照例要說到天氣。所謂例者，我之例也；怕有批評家指為我要勒令天下青年都照我的例，所以特此聲明：並非如此。天氣，確已冷了。草也比先前黃得多；然而我那門前的秋葵似的黃花卻還在開著，山裡也還有石榴花。蒼蠅不見了，蚊子間或有之。

夜深了，再談罷。

魯迅。十二月三十一日。

再：

睡了一覺醒來，聽到柝聲，已經是五更了。這是學校的新政，上月添設，更夫也不止一人。我聽著，才知道各人的打法是不同的，聲調最分明地可以區別的有兩種——

托，托，托，托托！
托，托，托托！托。
打更的聲調也有派別，這是我先前所不知道的。並以奉告，當作一件新聞。

【注釋】

1 本篇最初發表於一九二七年一月十五日《語絲》週刊第一一四期。
2 指〈走到出版界〉的「戰略」》和《新的世故》，均收入《集外集拾遺補編》。
3 明末清初民族英雄鄭成功曾在鼓浪嶼日光岩建督操台，操練水師。一九二六年秋，黃仲訓在這裡建築瞰青別墅，因侵占公地，引起輿論反對。隨後黃登報聲明：所建別墅將供眾人遊覽，以瞻仰民族英雄鄭成功故壘，別墅因得繼續修建。黃仲訓，廈門人，清末秀才，越南華僑。
4 這是對於高長虹的駁斥。在《一九二五北京出版界形勢指掌圖》內，高長虹曾說：「魯迅是一個直覺力很好的人，但不能持論。如他對自己不主張批評，我不反對。但如因為自己不能批評，便根本反對批評，那便不應該了。」
5 魏兆祺，字卓治，福建福州人。一九二六年九月從上海南洋大學轉學廈門大學。這裡他所說的話，可參看魯迅一九二七年一月五日給許廣平的信：「記得先前有幾個學生拿了《狂飆》來，力勸我回罵長虹。說道，你不是你自己的了，許多青年等著聽你的話！」（《兩地書．一〇五》）
6 一九二六年六月和八月，上海《申報》和《時事新報》先後發表廈門大學「革新消息」，介紹該校創辦人陳嘉庚增撥基金和經費，大規模地擴充學校，並增設國學研究院。如八月四日《時事新報》刊載《廈門大學最近之發展》一文說：

「不數年間，廈大當可望為中國完善大學之一，除廣築校舍購備儀器圖書等外，該校長林文慶，目下最注意者，為延聘國內外名宿，使學生得良師之誘導……且以(已)聘定北大沈兼士、周樹人(魯迅)、顧頡剛以整理國學……果能如此致力進行，加以經費充裕，將來國學研究院定有相當成績，為吾國學術界別開生面也。」同一期間，《申報》和《時事新報》還多次刊登廈門大學新聘教授周樹人等的行蹤。

7 這是高長虹在《狂飆》週刊第一期(一九二六年十月)發表的《答國民大學×君》一文中的話：「文字上的冷箭，我也略知一二，大概還不至於十分吃虧。以冷箭來，以冷箭報，不違古禮，且合新誼。見面時談一談，不見面時戰一戰，也可減少一些單調。」

8 魯迅準備編印的關於美術考古的一部專書。他歷年搜集和研究漢魏六朝石刻的畫像和圖案，已成《六朝造像目錄》一書(未印)，但漢畫像部分並未完成。

9 林語堂。

10 沈兼士(一八八七—一九四七)，浙江吳興人，文字學家。日本東京物理學校畢業，曾任廈門大學文科國學系主任，兼國學研究院主任。

海上通信[1]

小峰兄：

前幾天得到來信，因為忙於結束我所擔任的事，所以不能即刻奉答。現在總算離開廈門坐在船上了。船正在走，也不知道是在什麼海上。總之一面是一望汪洋，一面卻看見島嶼。但毫無風濤，就如坐在長江的船上一般。小小的顛簸自然是有的，不過這在海上就算不得顛簸；陸上的風濤要比這險惡得多。

同艙的一個是臺灣人，他能說廈門話，我不懂；我說的藍青官話[2]，他不懂。他也能說幾句日本話，但是，我也不大懂得他。於是乎只好筆談，才知道他是絲綢商。我於絲綢一無所知，他於絲綢之外似乎也毫無意見。於是乎他只得睡覺，我就獨霸了電燈寫信了。

從上月起，我本在搜集材料，想趁寒假的閒空，給《唐宋傳奇集》[3]做一篇後記，準備付印，不料現在又只得擱起來。至於《野草》，此後做不做很難說，大約是不見得再做了，省得人來謬托知己，舐皮論骨，什麼是「入於心」的[4]。但要付印，也還須細看一遍，改正錯字，頗費一點工夫。因此一時也不能寄上。

我直到十五日才上船，因為先是等上月份的薪水，後來是等船。在最後的一星期中，住著實在很為難，但也更懂了一些新的世故，就是，我先前只以為要飯碗不容易，現在才知道不要飯碗也是不容易的。我辭職時，是說自己生病，因為我覺得無論怎樣的暴主，還不至於禁止生病；倘使所生的並非氣厥病，也不至於牽連了別人。不料一部分的青年不相信，給我開了幾次送別會，演說，照相，大抵是逾量的優禮，我知道有些不妥了，連連說明：我是戴著「紙糊的假冠」的，請他們不要惜別，請他們不要憶念。但是，不知怎地終於發生了改良學校運動，首先提出的是要求校長罷免大學秘書劉樹杞[5]博士。

聽說三年前，這裡也有一回相類的風潮，結果是學生完全失敗，在上海分立了一個大夏大學[6]。那時校長如何自衛，我不得而知；這回是說我的辭職，和劉博士無干，乃是胡適之派和魯迅派相排擠，所以走掉的。這話就登在鼓浪嶼的日報《民鐘》上，並且已經加以駁斥。但有幾位同事還大大地緊張起來，開會提出質問；而校長卻答覆得很乾脆：沒有說這話。有的還不放心，更給我放散別種的謠言[7]，要減輕「排擠說」的勢力。真是「天下紛紛，何時定乎？」[8]如果我安心在廈門大學吃飯，或者沒有這些事的罷，然而這是我所意料不到的。

校長林文慶[9]博士是英國籍的中國人，開口閉口，不離孔子，曾經做過一本講孔教的書，可惜名目我忘記了。聽說還有一本英文的自傳，將在商務印書館出版；現在正做著《人種問題》。他待我實在是很隆重，請我吃過幾回飯；單是餞行，就有兩回。不過現在「排擠說」倒衰退了；前天所聽到的是他在宣傳，我到廈門，原是來搗亂，並非預備在廈門教書的，所以北京的位置都沒有辭掉。

現在我沒有到北京，「位置說」大概又要衰退了罷，新說如何，可惜我已在船上，不得而知。據我的意料，罪孽一定是日見其深重的，因為，中國向來就是「當面輸心背面笑」[10]，正不必「新的時代」的青年[11]才這樣。對面是「吾師」和「先生」，背後是毒藥和暗箭，領教了已經不只兩三次了。

新近還聽到我的一件罪案，是關於集美學校[12]的。廈門大學和集美學校，都是秘密世界，外人大抵不大知道。現在因為反對校長，鬧了風潮了。先前，那校長葉淵[13]定要請國學院裡的人們去演說，於是分為六組，每星期一組，凡兩人。第一次是我和語堂。那招待法也很隆重，前一夜就有秘書來迎接。

此公和我談起，校長的意思是以為學生應該專門埋頭讀書的。我就說，那麼我卻以為也應該留心世事，和校長的尊意正相反，不如不去的好罷。他卻道不妨，也可以說說。於是第二天去了，校長實在沉鷙得很，殷勤勸我吃飯。我卻一面吃，一面愁。心裡想，先給我演說就好了，聽得討厭，就可以不請我吃飯；現在飯已下肚，倘使說話有背謬之處，適足以加重罪孽，如何是好呢。

午後講演，我說的是照例的聰明人不能做事，因為他想來想去，終於什麼也做不成等類的話。那時校長坐在我背後，我看不見。直到前幾天，才聽說這位葉淵校長也說集美學校的鬧風潮，都是我不好，對青年人說話，那裡可以說人是不必想來想去的呢。當我說到這裡的時候，他還在後面搖搖頭。

我的處世，自以為退讓得盡夠了，人家在辦報，我絕不自行去投稿；人家在開會，我絕不自己去演說。硬要我去，自然也可以的，但須任憑我說一點我所要說的話，否則，我寧可一聲不響，算是死屍。但這裡卻必須我開口說話，而話又須合於校長之意。我不是別人，那知道別人的意思呢？「先意承志」[14]的妙法，又未曾學過。其被搖頭，實活該也。

但從去年以來，我居然大大地變壞，或者是進步了。雖或受著各方面的斫刺，似乎已經沒有創傷，或者不再覺得痛楚；即使加我罪案，也並不覺著一點沉重了。這是我經歷了許多舊的和新的世故之後才獲得的。我已經管不得許多，只好從退讓到無可退避之地，進而和他們衝突，蔑視他們，並且蔑視他們的蔑視了。

我的信要就此收場。海上的月色是這樣皎潔；波面映出一大片銀鱗，閃爍搖動；此外是碧玉一般的海水，看去彷彿很溫柔。我不信這樣的東西是會淹死人的。但是，請你放心，這是笑話，不要疑心我要跳海了，我還毫沒有跳海的意思。

魯迅。一月十六夜，海上

【注釋】

1 本篇最初發表於一九二七年二月十二日《語絲》週刊第一一八期。

2 指夾雜地區性方言的普通話。藍青，比喻不純粹。

3 魯迅校錄的唐宋傳奇小說，一九二七年十二月上海北新書局出版。

4 這裡指高長虹。他在《狂飆》第五期（一九二六年十一月）發表的《一九二五北京出版界形勢指掌圖》內曾說：「當我在《語絲》第三期看見《野草》第一篇《秋夜》的時候，我既驚異而又幻想。驚異者，以魯迅向來沒有過這樣文字也。幻想者，此入於心的歷史，無人證實，置之不談。」

5 劉樹杞，字楚青，湖北新埔人，美國哥倫比亞大學化學博士，時任廈門大學秘書兼理科主任。當時，廈大國學研究院暫借生物學院三樓作為國學院圖書或古物的陳列所，劉樹杞曾授意別人討還房子。以後，魯迅辭職，有人以為是被劉樹杞排擠走的，因而發生了「驅逐劉樹杞」，「重建新廈大」的風潮。其實，魯迅主要是因為對廈門大學當局不滿而辭職的。

6 一九二四年四月，廈門大學學生對校長林文慶不滿，開會擬作出要求校長辭職的決議，因部分學生反對而作罷。林文慶為此開除為首學生，解聘教育科主任等九人，從而引起學潮。林又拒絕學生的任何合理要求，並於六月一日指使、誘騙部分建築工人凶毆學生，繼又下令提前放暑假，限令學生五日離校，屆時即停膳、停電、停水。當時，廈門市的保守反動勢力也都支持林文慶，學生被迫宣布集體離校，在被解聘教職員幫助下，他們到上海共同籌建了大夏大學。

7 指黃堅（白果）等人散布的謠言。如說魯迅「不肯留居廈門，乃為月亮（按指許廣平）不在之故」（見《兩地書·一一二》）等。

黃堅，字振玉，江西清江縣人，曾任北京女子師範大學職員。當時，經顧頡剛推薦任廈門大學國學研究院陳列部幹事，兼文科主任辦公室襄理。

8 語見《史記·陳丞相世家》。

9 林文慶（一八六九—一九五七），字夢琴，福建海澄人，英國愛丁堡大學醫學碩士，香港大學榮譽醫學博士。當時任廈門大學校長兼國學研究院院長。

10 語見唐代詩人杜甫的《莫相疑行》一詩：「晚將末契托年少，當面輸心背面笑。」

11 指高長虹。他在《狂飆》週刊第二期（一九二六年十月）給魯迅的公開信中說到《狂飆》週刊時，曾吹噓說：「這次發刊，我們決意想群策群力開創一新的時代。」

12 愛國華僑陳嘉庚一九一三年在他家鄉廈門市集美鎮創辦。初為小學，以後陸續增辦中學、師範部等。

13 葉淵，字采真，福建安溪人，北京大學經濟系畢業。

14 語見《禮記・祭義》，是孔丘弟子曾參論孝的話。意思是揣測別人的意志而於事先便去逢迎。

魯迅雜文精選：4

華蓋集續編【經典新版】

作者：魯迅
發行人：陳曉林
出版所：風雲時代出版股份有限公司
地址：10576台北市民生東路五段178號7樓之3
電話：(02) 2756-0949
傳真：(02) 2765-3799
執行主編：朱墨菲
美術設計：吳宗潔
行銷企劃：林安莉
業務總監：張瑋鳳

初版日期：2021年8月
ISBN：978-986-352-980-4

風雲書網：http://www.eastbooks.com.tw
官方部落格：http://eastbooks.pixnet.net/blog
Facebook：http://www.facebook.com/h7560949
E-mail：h7560949@ms15.hinet.net
劃撥帳號：12043291
戶名：風雲時代出版股份有限公司

風雲發行所：33373桃園市龜山區公西村2鄰復興街304巷96號
電話：(03) 318-1378
傳真：(03) 318-1378
法律顧問：永然法律事務所 李永然律師
　　　　　北辰著作權事務所 蕭雄淋律師

行政院新聞局局版台業字第3595號 營利事業統一編號22759935

定價：280元

國家圖書館出版品預行編目資料

華蓋集續編 / 魯迅著. -- 初版. -- 臺北市：風雲時代出版股份有限公司, 2021.03
面；　公分. -- (魯迅雜文精選；4)
ISBN 978-986-352-980-4 (平裝)

855　　　109022283